Douglas Coupland

AMERIKANISCHE POLAROIDS

Aus dem Amerikanischen von Tina Hohl

Hoffmann und Campe

Abbildungsnachweis

S. 12 AP/Wide World Photos, S. 15 Lee Foster/FPG, S. 18, 20, 21 AP/Wide World Photos, S. 24 Holly Kreuter, S. 28 Michael Zelner, S. 36 Dave Weiland, S. 40 James Cachero/Sygma, S. 42 Dave Weiland, S. 46 The Image Bank, S. 54 Neil Summers Collection/Archive Photos, S. 64 Brooks Kraft/Sygma, S. 70 Ed Dubrowski/Archive Photos, S. 74 Ed Taylor/FPG, S. 75 Gary Randall/FPG, S. 78 Al Harvey, S. 88 Archive Photos, S. 92 AP/Wide World Photos, S. 100 FPG, S. 108 Ed Sirrs/Retna Pictures, S. 114 Neal Peters Collection, S. 120 Archive Photos, S. 123, 128 Superstock, S. 134, 135 © 1996 James Rosenquist/Licensed by VAGA, New York, NY, S. 146 Mark Reinstein/FPG, S. 153 Steve Wisbauer, S. 159 Mark Reinstein/FPG, S. 164 AP/Wide World Photos, S. 172 Ted Soquil/Sygma, S. 179 Henry Gris/FPG, S. 185 Michael Tamborrino/FPG, S. 192, 196 AP/Wide World Photos, S. 204 Richard Mackson/FPG, S. 206 Archive Photos, S. 211 Steve Wisbauer, S. 215 AP/Wide World Photos, S. 220, 224 Archive Photos

Die Deutsche Bibliothek – CIP-Einheitsaufnahme
Coupland, Douglas: Amerikanische Polaroids / Douglas Coupland.
Aus dem Amerikan. von Tina Hohl.
– 2. Aufl. – Hamburg: Hoffmann und Campe, 1998
Einheitssacht.: Polaroids from the dead ⟨dt.⟩
ISBN 3-455-11123-8

Die Originalausgabe erschien 1996 unter dem Titel
»Polaroids from the Dead« bei HarperCollins, New York

Schutzumschlaggestaltung: Büro Hamburg,
unter Verwendung eines Fotos
von Springer/Corbis-Bettmann Film Archive
Satz: Dörlemann Satz, Lemförde
Druck und Bindung: Clausen & Bosse, Leck
Printed in Germany

Inhalt

Einleitung

Eine Küchenschublade voller Fotos

Die Stücke in diesem Buch reflektieren ein Weltbild der frühen 90er Jahre, das mittlerweile offenbar ausgedient hat – abgesprengt wie die Trümmer einer Apollo-Rakete, die funkensprühend wieder zur Erde zurücktrudeln.

Dieses Buch – das sowohl Fiction als auch Non-Fiction enthält – untersucht die Welt, wie sie Anfang der 90er existierte, damals, als das Jahrzehnt noch jung war und keine Ahnung hatte, was aus ihm werden würde. 1990 machte die nordamerikanische Gesellschaft den Eindruck, als habe sie noch einen Katzenjammer von den 80er Jahren und wisse nicht, in welche Richtung es weitergehen sollte. Offenbar bezweifelte man, daß die 90er überhaupt in der *Lage* sein würden, eine eigene Stimmung zu erzeugen. Jetzt habe ich diese Stücke noch einmal gelesen, und es ist, als hätte ich eine Küchenschublade geöffnet und darin eine Kleenex-Schachtel voller bereits nostalgisch wirkender Polaroid-Schnappschüsse und Postkarten gefunden. Ich hoffe, die Fotos in diesem Buch verstärken das Gefühl, man würde in alten Briefen voller Erinnerungen wühlen.

Hinterher ist man jedenfalls immer schlauer: Die meisten Menschen sind sich heute der tiefgreifenden Veränderungen des Alltagslebens durchaus bewußt – Veränderungen, durch die die 80er nach kurzer Zeit so weit von den 90ern entfernt schienen, wie es der Osten vom Westen ist. Viele dieser Veränderungen werden, so hoffe ich, in den Texten, die dieses Buch enthält, widergespiegelt.

Ich glaube, man sollte nicht vergessen, daß unsere Welt zwar scheinbar immer »schneller« wird, das Verfallsdatum dessen, was »eine Epoche definiert«, jedoch entweder immer früher angesetzt wird oder keine Rolle mehr spielt. Ich ertappe mich dabei, wie ich einer Zeit hinterhertrauere, noch keine drei Jahre her, als in Teenagerzimmern wieder Blümchenaufkleber sprossen und Grunge die Laufstege regierte. In dieser Zeit war der Zwang, sich in neue Technologien »einzuklinken«, noch nicht so stark, daß die Arbeitnehmer dieser Welt von Low-Tech-Paranoia und dem Alptraum, ohne Absicherung den Anschluß zu verlieren, geplagt wurden. Es ist viel passiert in diesem halben Jahrzehnt.

Dieses Buch ist vor allem eine Betrachtung von Menschen und Orten, die ich innerhalb dieses kleinen Zeitfensters faszinierend fand (aus welchen Gründen auch immer wir von etwas fasziniert sind). Am meisten zieht mich das Milieu an, in dem ein großer Teil Nordamerikas, mich eingeschlossen, aufgewachsen ist: das Leben der mittleren Mittelklasse, die so schwerwiegende Veränderungen durchgemacht hat und immer noch durchmacht.

Zwischen 1990 und 1996 wurden Thesen, die früher als »avantgardistisch« und »abseitig« galten, zu den dominierenden Begriffen der alltäglichen Konversation: die verschwindende Mitte; der Verlust von Anrechten; Aufstieg und Herrschaft der Ironie; durch zahllose neue Maschinen verursachte extreme gesellschaftliche Umwälzungen … und die Tatsache, daß selbst ein so kurz zurückliegender Zeitpunkt wie letzte Woche einem heutzutage vorkommen kann, als sei er bereits zehn Jahre her.

»Polaroids from the Dead« habe ich 1991 bei einer Reihe von Grateful-Dead-Konzerten im Oakland-Alameda County Coliseum »erlebt«, an dem Wochenende, bevor ich dreißig wurde. Bekanntlich ist seitdem Jerry Garcia, der Kopf der Band, gestorben, die Grateful Dead gibt es nicht mehr – und die fein destillierte Realität, in deren Mittelpunkt sie einst standen, hat sich vorläufig in Luft aufgelöst. Mit dieser Reihe von Mini-Stories war ich schon immer sehr zufrieden, und wenn ich sie noch einmal schreiben sollte, würde ich höchstens eine Sache anders machen: Ich würde die ungeheure Freude, die die Konzertbesucher bei den Auftritten empfanden, deutlicher herausarbeiten – oder einfach den Spaß, den sie hatten.

Für die Geschichten in Washington, D.C., habe ich vor vier Jahren recherchiert, in einem Zeitraum von zwei Wochen vor und nach den Super-Tuesday-Vorwahlen 1992. Ich habe darin versucht, bestimmte politische Haltungen von Menschen zu schildern, die in der Politik arbeiten – und die Art und Weise, wie Menschen und Maschinen einen so simplen Akt wie Wählen modifiziert haben.

Die »Notizen aus Brentwood« entstanden 1994, ein paar Monate nach dem Mord an Brown Simpson und Goldman. Eigentlich wollte ich schon ein Jahr zuvor eine Stadtanalyse Brentwoods, so ähnlich wie das Stück über Palo Alto (ebenfalls in diesem Buch), geschrieben haben. Doch ohne einen »Aufhänger« war es mir ziemlich unmöglich, einen Zeitschriftenredakteur zu finden, der bereit war, eine Geschichte über ein anonymes, so gut wie unsichtbares Viertel von Los Angeles zu bringen. (»Aber darum geht's ja gerade!« erklärte ich dann. »Die Unsichtbarkeit!«) Immer wieder habe ich festgestellt, daß etwas, das direkt vor der Explosion steht, zuerst völlig unsichtbar wird. Dieses Stück entstand an einem einzigen Tag, dem zweiunddreißigsten Jahrestag des mysteriösen Todes Marilyn Monroes in Brentwood. Ihr Haus ist einen zügigen Zehn-Minuten-Fußmarsch von dem O.J. Simpsons in North Rockingham, gleich oberhalb des Sunset Boulevards, entfernt. Die historischen Hintergründe habe ich in den folgenden Tagen recherchiert. Heute, 1996, ist »das Urteil« längst durch, doch die Quintessenz von Ambiguität und Tod – der Kern des Artikels – bleibt gültig, heute vielleicht mehr denn je. Die Künstlichkeit Brentwoods ist vielleicht nicht der Grund oder die Keimzelle dessen, was sich dort abspielt, aber sie schafft immerhin kontinuierlich einen passenden Schauplatz dafür. Der Artikel ist keinesfalls als Anklage gegen Brentwood oder Los Angeles zu verstehen, sondern als Versuch, das bisher Unsichtbare sichtbar zu machen.

Wie auch immer, das reicht jetzt. Beste Grüße

Doug

Teil eins

POLAROIDS FROM THE DEAD

1

Die 60er Jahre sind Disneyland

»Sind wir schon in den 60ern?« fragt Cheyenne.

»Hippies riechen nach Schnodder«, sagt Amy.

Zum ersten Mal seit fünf Jahren fällt in Oakland Regen. Die Dürreperiode ist vorbei. Scott, Amy, Todd und Cheyenne sitzen hinter beschlagenen Scheiben zusammengekuschelt im Lexus von Scotts Stiefmutter. Der Wagen parkt am oberen Ende der Spyglass Road, mit Blick auf die Reste, die das Feuer in den Oakland Hills vor mehreren Monaten übriggelassen hat und die nun feucht werden – die Mammutbäume, Schmucklilien, Sagopalmen und Villen, die früher diese Berge übersäten, sind jetzt alle zu einem feinen, austerngrauen Staub verbrannt, der die Farbe von Recyclingpapier hat.

»Also, selbst wenn die Sowjets *wirklich* vorgehabt hätten, die Bay Area abzufackeln«, sagt Todd, »hätten sie keine Bombe gebraucht. Ein Hibachi-Grill und ein paar besoffene Teenager wären viel billiger gewesen.«

»Wer ist da auf dem Trip abgebildet?« ruft Cheyenne vom Rücksitz, während sie etwas verschütteten Gin von ihrem Okie-Kleid und ihrer Secondhandstrickjacke wischt.

»Deine Mutter.«

»*Laß* den Scheiß, Scott.«

»Bart Simpson«, sagt Amy, die Rauschgift-Autorität im Wagen. »Achtzig Mikrogramm. Und nehmt bloß nicht das Acid mit dem Peace-Zeichen drauf, das zur Zeit überall verkauft wird, das ist der totale Reinfall.«

Eine halbe Stunde zuvor hatten sich die vier Freunde in der Broadway Plaza Mall in Walnut Creek zusammengefunden. Hier kaufen sie ein, und hier zeigt sich, welcher Spielart der Subkultur sie angehören. Jetzt fahren sie zu den Klängen einer My-Dad-Is-Dead-CD durch den Highway-24-Tunnel, der unter den Berkeley Hills entlangführt, nach Oakland. Alle vier wollen unbedingt pünktlich auf dem Deadhead-Parkplatz beim Oakland-Alameda County Coliseum sein. Ab vier Uhr ist dort vor dem Konzert jede Menge los.

Todd entdeckt unten am Berg eine geschmolzene Satellitenschüssel. »Wie es wohl wäre, auf einem BMX-Rad hier durchzufahren. Oder mit einem Geländewagen. Wir sollten Mom lieber noch ein paar Rubbellose kaufen.«

»War sie nicht mal Hippie?« fragt Cheyenne.

»Schnodder-Schnodder-Schnodder«, trällert Amy. »'n Sixties-Girl.«

»Die 60er Jahre ...«, beginnt Todd. In seinen Augen ist diese Zeit so weit entfernt und ohne Bedeutung für sein Leben wie die des Bürgerkriegs oder der Feuersteins – verschwommene Bilder von Bienenkorbfrisuren, dem Mondspaziergang, fetten Typen mit schlechten Haarschnitten, die Hubschrauber anbrüllen. »Ich mag die 60er Jahre nicht«, verkündet Todd. »Ich bin lieber hier. Jetzt.«

Amy kaut Aprikosenfruchtschnitten und läßt den Blick die grauen Hänge hinab über die Städte unter ihnen schweifen: Oakland, Alameda, Emeryville, Berkeley – und San Francisco auf der anderen Seite der Bay – Geburtsorte der Transuranelemente, des Flower Power, der Nouvelle Cuisine und des Intel-Mikrochips. Jetzt sind diese Städte naß und glitschig und von einem feinen pazifischen Nebel umhüllt, der die aschgraue Farbe verbrannter Häuser hat. Sie muß an den Tag im letzten Oktober denken, als das Feuer in den Bergen ausbrach – und sie geht im Geiste die Bilder von explodierenden Eukalyptusbäumen durch, von Siamkatzen, die in zu Brennöfen gewordenen Garagen brutzeln, von Spatzen, die sich beim Landen auf Jeeps, heiß wie eine Herdplatte, die Krallen verbrennen, von verängstigten Bürgern, die vor Flammenwänden fliehen, nur um dann auf der falschen Straße in die Feuersbrunst, den tödlichen Schmelzofen hineinzufahren.

Und nun sind die Berge kühl und feucht.

Amy sieht aus dem Fenster ein Straßenschild, doch die gemalten Lettern sind weggebrannt. Als sie vor ein paar Minuten den Berg hochfuhren, hat sie ein Schild mit der Aufschrift: HIER HAT MAL JEMAND GEWOHNT. GEHT WEG entdeckt. Tja, denkt sie, bei einem Dead-Konzert kann man wenigstens für ein paar Stunden vergessen, daß irgendwann der große Knall kommt. Man zahlt, und ab geht die Post: Lustige Kostüme, Melodien, die man von MTV kennt, und danach kann man wieder in die Gegenwart zurückkehren.

Ein Polizist hämmert ans Fenster.

»Uah!« Erschrocken läßt Scott die Scheibe herunter. Offenbar parkt der Lexus in einer erdrutschgefährdeten Zone; sie müssen weiterfahren. Und das tun sie – vorbei an den mittlerweile verrosteten, geschmolzenen Herden und Heiztanks der ehemaligen Villen, auf den Highway 24 hinunter, der auf den einst bei einem Erdbeben eingestürzten Interstate 880 Nimitz Freeway mündet, und weiter zum Parkplatz des Coliseum, und dabei lecken sie an ihrem Bart-Simpson-Acid und weichen großen, quer auf der Straße stehenden Sattelschleppern und Lachen von Flüssigsauerstoff aus. Scott amüsiert seine Freunde mit Geschichten über seine Phantasie-Karriere als Gebrauchtwagenhändler in der Antarktis.

»In den 60ern gab es die Merry Pranksters«, sagt Cheyenne. »Und was haben wir jetzt?«

»Wacky Funsters«, antwortet Scott.

»Schaut mal!« sagt Amy und dreht zwischen all den VW-Bussen, die die Zufahrt zum Parkplatz verstopfen, das Fenster herunter. »Ein Tricia-Nixon-Kleid – *ist* das cool.«

»Geschichte ist cool«, nickt Todd.

Scott, Amy, Todd und Cheyenne nähern sich dem Konzert. Der versengte Berg hinter ihnen ist bereits vergessen, ebenso die anderen Nachrichten des Tages – schwache Beben in Watsonville und Loma Prieta und die Kontroverse über die Lagerung von vasektomierten Atomwaffen in Richmond, ein Stück weiter die Bay hoch. Doch etwas von dem, was sie heute gesehen haben, wird hängenbleiben. Und so werden sie zum x-ten Mal seit dem Kindergarten vor fünfzehn Jahren in ihrer Art und Weise, die Welt zu betrachten, bestärkt.

Während Scott auf den Parkplatz zusteuert, denkt er, wenn er, Amy, Todd und Cheyenne genug alte Leute umbrächten oder wenn genug alte Leute umgebracht würden oder wenn genug alte Leute einfach stürben oder wenn das System implodierte und die vier es sich plötzlich wundersamerweise irgendwie leisten könnten, sich Häuser zu bauen, dann würde er ein Haus für die *Realität* entwerfen. *Sein* Dach wäre mit Schiefer gedeckt, nicht mit feuergefährlichem Zedernholz, auf *seinem* Hof gäbe es keine brennbaren Todesbäume, *sein* Wasser würde in riesigen, pechschwarzen, tief in die Erde eingegrabenen Tanks gespeichert, und *seine* Wände wären zwar in leuchtenden, lustigen Farben wie Kaugummirosa, Zitronengelb oder Swimmingpoolblau verputzt, doch innen wären sie mit Stahl verkleidet.

2

Du fürchtest dich vor dem Geruch von Scheisse

»Deadheads sind anders als Dungeons-and-Dragons-Freaks oder Star-Trekkies«, sagt Ross, »obwohl es natürlich Überschneidungen gibt. Tritt nicht auf den Hund.«

Daniel fällt über einen verblüfften Samojeden-Welpen, und als er nach oben schaut, sieht er eine finstere Gestalt im Sensenmannkostüm mit einem Korb Orangen in der Hand auf sich zukommen. Der Hund schnüffelt an Daniels Nase und läuft weg; Daniels Jeans sind von den riesigen Wasserpfützen durchweicht, die der heftige Regen gebildet hat. Hinter ihm jongliert ein triefender, verwahrloster Surfer in einer Latzhose und einem guatemaltekischen Pullover mit Sojamilch-Kartons und brüllt: »Gedosete Drinks! Gedosete Drinks!« Neben ihm tänzelt ein hübsches blondes Mädchen mit erweiterten Pupillen in einem Anorak und einem gebatikten Hippie-Rock auf und ab. Sie segnet alle Passanten mit ihrem Zauber-

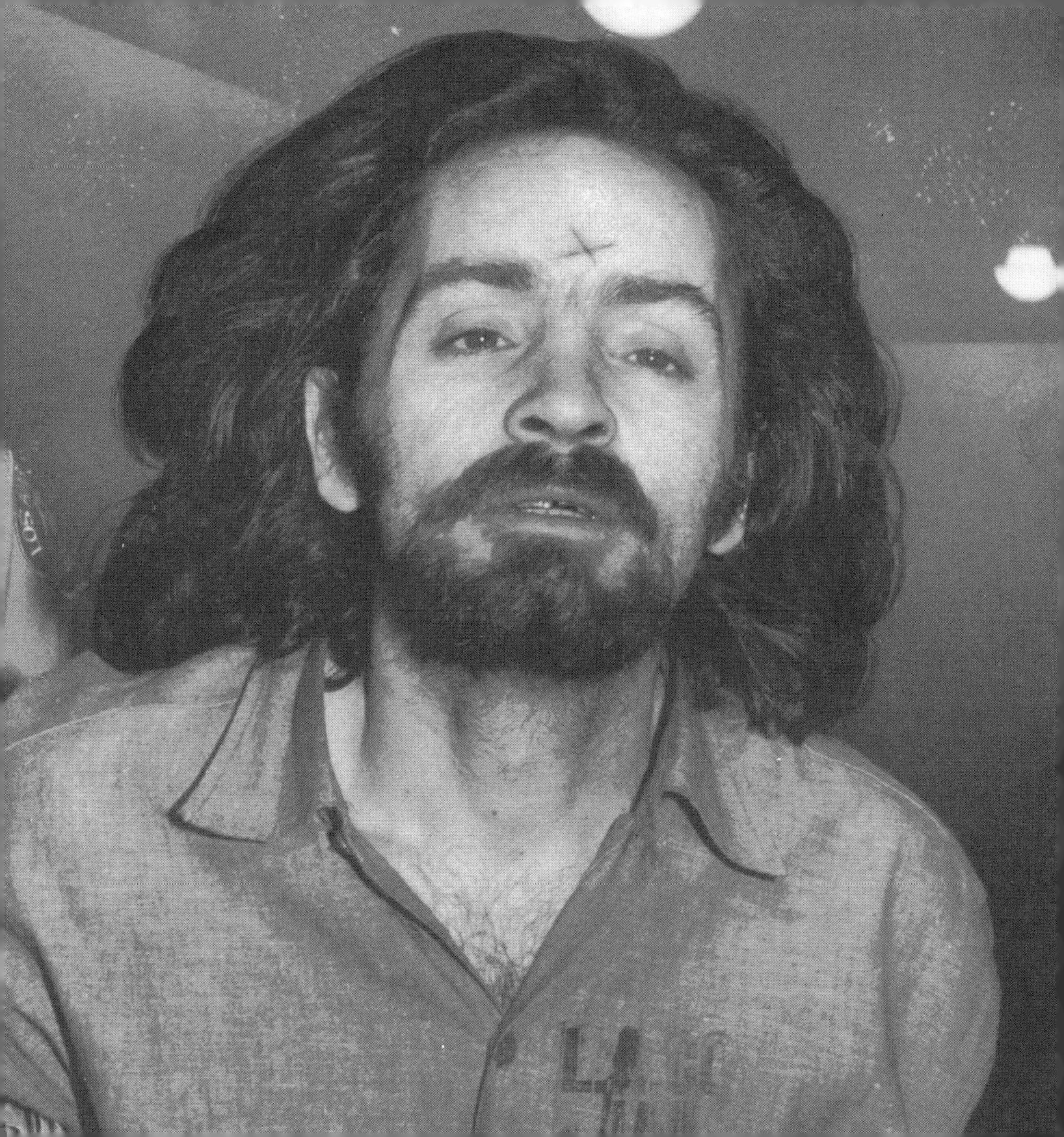

stab – einem regenbogenfarben geringelten Stock, von dessen Spitze glitzernde, ausgefranste, silberne Mylar-Fäden herabhängen.

»Gott, Ross. Die Typen hier sehen alle aus wie Charles Manson«, sagt Daniel, während er sich aufrichtet, »und die Frauen wie Sharon Tate.«

»Bestimmte archetypische Dramen werden sich immer wiederholen«, erwidert Ross, der Philosophie studieren will. »Willste 'nen Carob-Keks? Und wo sind Tamara und Stacey hin?«

Dies ist Daniels erstes Grateful-Dead-Konzert. Seit er das abgefahrene Skelett-Video auf MTV gesehen hat, ist Daniel neugierig auf die Dead geworden, aber nicht so neugierig, daß er Drogen nehmen würde, denn das könnte seinen Notendurchschnitt beeinträchtigen und ihn zu einem Leben in Fast-food-Restaurants verdammen, wo er Geflügel-Abfallprodukte fritieren müßte. Ross, bekleidet mit einem FUCK-THA-POLICE-T-Shirt, ist Daniels alter High-School-Kumpel aus San Raphael. Zum Glück stört Ross sich nicht an Daniels Unbedarftheit, doch gelegentlich stichelt er ein wenig: *»Es riecht nach verbranntem Oregano. Ist Dan in der Nähe?«*

Daniel hat bereits davon gehört, was sich vor Dead-Konzerten auf dem Parkplatz abspielt, doch als er es mit eigenen Augen sieht, ist er überwältigt: ein Dope-verräuchertes Anti-Einkaufszentrum, errichtet aus zusammengepferchten, verbeulten und verrosteten Lastern, Transportern und Schulbussen, deren Nummernschilder hauptsächlich aus Kalifornien, Oregon, Washington, British Columbia, Nevada, Colorado und Arizona stammen. Vor diesen Fahrzeugen bieten Händler in einer improvisierten Zeltstadt die üblichen Headshop-Produkte an: Geweihpfeifen, Skelett-Abziehbilder, Totenkopfkerzen, gebatikte Hemden, Stachelschweinborsten, Jonglieraccessoires, peruanische Fausthandschuhe, Taschenbücher über Verschwörungstheorien, Blättchen und Autoaufkleber: MUCHAS GARCIAS und EINE KLEINFAMILIE KANN EINEM DEN GANZEN TAG VERDERBEN und JUST SAY N_20 TO DRUGS.

Ältere Hippie-Ladys mit massivem Körpergeruch inhalieren Lachgas aus aufgeblasenen, zu Tieren geformten Kondomen; gnadenloses Bongo-Getrommel ertönt; Troll-Hippies in Holzfällerhemden bieten vom Regen durchweichte Naturkostgerichte feil – »Vegetarische Gemüsepfanne! Vegetarische Gemüsepfanne!«

Daniel kauft einen Styroporteller Tofu mit Hijiki-Pilzen, Tamari-Soße und Maui-Zwiebelstückchen. »Mit Lezithin und Engevista-Hefe«, sagt der schon reichlich angeschlagene Verkäufer stolz. Daniel hält seinen Teller in der Hand und bittet um einen Plastiklöffel. Mit schwerer Zunge krächzt der Troll: »Hey, Mann, bei mir gibt's *Bio*-Produkte.«

Daniel läßt den besteckIosen Teller auf der Theke des Stands neben einem mit einem Mandala bemalten Meersalzstreuer stehen. Da es bereits früher Abend ist, schlendert er zurück zu seiner Basis, Ross' fünffarbigem VW-Bus von 1971, der sich von den anderen Bussen ringsherum durch Treibholz, Bungee-Seile und Kurt-Vonnegut-Romane unterscheidet, die zwischen dem Armaturenbrett und der Windschutzscheibe stecken, und durch ein batteriebetriebenes Heizgerät, das im Innern des Wagens wie ein Tschernobyl-Reaktorkern glüht. Über der Plastikplane, mit der die Schiebetüren des VWs überdacht sind, flattert eine ganz frech falsch herum aufgehängte US-Flagge im stürmischen Wind. Ross sagt: »VW-Busse sind die Systembausteine des Neuen Mittelalters.«

Als er in den Bus steigen will, muß Daniel unter der Plane, wo es nicht ganz so naß ist, einem Haufen Hundescheiße ausweichen. Drinnen macht er seine Mitstudenten, alle im ersten Semester an der UC Berkeley und momentan mit dem Rauchen eines Bongs mit mysteriösen Substanzen beschäftigt, darauf aufmerksam, daß wohl jemand etwas von dem Geschäft des kleinen Hundes mit in den Bus getragen hat.

»Daniel«, sagt Ross, verwundert über Daniels Mangel an Coolness, »nichts ist bourgeoiser als die Angst vor dem Geruch von Fäkalien. Entspann dich. Hier,

PROPANE
FUEL

trink.« Ross reicht Daniel ein Bier. »Schaut mal. Da sind Tamara und Stacey. Also los, Deadster.«

Ein Stück weiter den verstopften und überschwemmten mittelalterlichen Weg hinunter treffen Daniel und Ross auf Tamara und Stacey, die ebenfalls unter einer Plane stehen, unter der Instant-Brennholzscheite direkt auf der Teeroberfläche des Parkplatzes brennen. »Seid gegrüßt, Deadlets«, sagt Ross. »Schöner Hut, Stace.«

Stacey tätschelt ihren Hut – eine spitze Maid-Marian-Haube aus violettem Samt. »Danke, Ross.« Sie versucht, kleine Räucherkegel mit Glyzinien- und Lotusduft anzuzünden, um den Ölgestank des brennenden Teers zu überdecken.

»Was für Musik machen die da?« fragt Daniel in die Runde.

»Das sind Gesänge der Kwakiutl und Haida«, sagt Tamara, wobei sie in ihrer Gürteltasche voller Tannenzapfen und polierter Mondsteine nach einem Zuckerwürfel wühlt, fündig wird und ihn dann hinunterschluckt. »Toll, was?« Sie bietet Daniel einen Würfel an, doch der lehnt verlegen ab.

In dem Econoline-Bus neben dem Feuer steht ein 24-Zoll-Monitor von Hitachi, auf dem eine endlose Spirale greller Mandelbrot-Fraktalmuster zu sehen ist. Daniel hört eine heliumverzerrte Quiekstimme nach Ecstasy fragen. In der Nähe verschlingen Hunde (so viele Hunde!) weggeworfene Käsetoasts und schnüffeln einander am Hintern, um festzustellen, daß sie sich von den Dead-Konzerten in Meadowlands, Nassau und Shoreline kennen.

Emerson und Dale – Freunde von Ross – diskutieren die mögliche Song-Abfolge des Abends mit einer haarspalterischen Pedanterie, die Daniel bisher nur den Weinspezialisten-Liebhabern seiner Mutter zugetraut hat. »Nein, *nein.* Den zweiten Set des ersten Konzerts 1989 im Spectrum in Philadelphia haben sie mit ›China Cat Sunflower‹ angefangen und nicht mit ›One More Saturday Night‹.«

Stacey, die es ganz toll findet, naß zu werden, steht außerhalb der Plane und starrt gemeinsam mit ein paar anderen Kids – alle mit Mülltüten ausgerüstet und mit Fransen-Wildlederjacken, Azteken-Ponchos und Cowichan-Pullovern bekleidet, die blonden Dreadlocks unter Barette und Rastamützen gestopft – zu dem sich verdunkelnden Himmel und dem Regen empor. »Ich komme mir vor wie ein Sechziger-Jahre-Foto«, sagt sie. »Gehen wir bald rein?«

»Jetzt«, sagt Ross. »Auf geht's! Auch du bist gemeint, Daniel. Amüsierst du dich gut?«

Daniel, Ross, Tamara, Stacey, Emerson, Dale und andere aus ihrer Clique schließen sich der feuchten Menschenschlange an, die ins Coliseum drängt. Wie jung die Leute aussehen, denkt Daniel. Auf dem ganzen Parkplatz ist kaum jemand älter als zweiundzwanzig. Das überrascht ihn, denn er hat immer geglaubt, die Dead seien etwas für abgehalfterte alte Hippies und Biker. Als er Ross auf diesen Jugendüberschuß aufmerksam macht, antwortet der: »Guck dir bloß mal die beiden alten Schwachköpfe da an.«

»Wo?«

»Die da drüben bei den Masten, die sind doch schon über fünfzig. Mann, die scheinen da ja was ganz Abgefahrenes zu machen. Schau doch mal, wie vertieft die sind. Das interessiert mich – ich geh mal gucken.«

Ross trabt zu den beiden älteren bärtigen Männern hinüber – Überlebende der 60er, die mit einem kleinen, Fingerfertigkeit erfordernden Ritual beschäftigt sind –, stellt ihnen die eine oder andere Frage und trollt sich dann zu seinen Freunden in der Schlange zurück. Fragt Tamara: »Was haben sie gemacht?«

Angewidert entgegnet Ross: »Kontaktlinsen.«

3

Das Risiko hat dich ermüdet

»Hitlerbeeren.«

»Hä?«

»Hitlerbeeren.« Caroline pflückt den gekräuselten Strunk von einer reifen Erdbeere und deponiert ihn in ihrem Rucksack. Dann ißt sie die Beere. »Ist dir schon mal aufgefallen, daß es heutzutage keine unregelmäßig geformten Erdbeeren mehr gibt? Erinnerst du dich noch, daß früher die deformierten – die *schwachen* – Erdbeeren auf dem Boden der Körbe versteckt waren? Jetzt sind sie alle perfekt. Langweilig. Geschmacklos.«

Mario hört nur halb zu. Eine neue, blutende Sonnen-Tätowierung auf Carolines linker Wade hypnotisiert ihn. Dieses Tattoo hat sie keine halbe Stunde zuvor auf dem Parkplatz auf der Ladefläche eines ausgeschlachteten Chevy-Kombis mit

Nummernschild aus Oregon und einem mit Latexfarbe aufgemalten Piratentotenkopf erstanden.

Caroline und Mario sitzen in der vierzehnten Reihe, direkt vor der Bühne – erstklassige Plätze –, warten darauf, daß es losgeht, und sehen zu, wie ovale rosarote Ballons, so groß wie Schweine, vom Publikum hin- und hergeprellt werden. Sie atmen das sirupartige Mikroklima des Coliseum ein. Die Luft ist süß und drogengeschwängert. Noch vor zwei Monaten hätte Caroline, ein Kind des Silicon Valley, gefürchtet, dies sei die ideale Brutstätte für medikamentenresistente Tuberkuloseerreger, doch jetzt saugt sie diese Luft, die feucht ist von all der dampfenden Kleidung, verzückt ein und ist hingerissen, wenn ihr eine Brise Patschuliöl oder Vegetarierschweiß in die Nase steigt.

Carolines Haare sind zu dünnen Afrozöpfen geflochten – die Proto-Dreadlock-Phase. Kurz bevor sie sich tätowieren ließ, hat sie Mario beiläufig davon unterrichtet, daß ihre Periode ausgeblieben sei. Als sie vor drei Monaten ein Paar wurden, war *er* der coolere Teil der Beziehung.

»Schließlich«, fährt Caroline fort, wieder beim Thema Erdbeeren und Eugenik, »werden ja auch keine mißgebildeten Babys mehr geboren. Ist dir das schon mal aufgefallen? Die werden wahrscheinlich alle abgetrieben. Stell dir mal eine Welt ohne Zwerge vor. Hast du eigentlich gar keine Angst vor der Biotechnik?«

»Äh –«, weicht Mario aus. Zur Zeit versteht er nicht die Hälfte von dem, was Caroline sagt. Irgendwann, etwa vor zwei Wochen, schätzt Mario, haben sie den Punkt überschritten, bis zu dem sie beide davon ausgingen, daß *er* schlauer sei; beziehungsweise Caroline hat aufgehört, so zu tun, als sei er es. Vielleicht war es der Examensstreß, vielleicht war es auch das Meskalin. Carolines gegenwärtige Lokkerheit ist schockierend, verglichen mit ihrer früheren Verkrampftheit. Damals wirkte sie wie diese Damen im kirschroten Blazer, die an den Schaltern von Fluggesellschaften arbeiten.

»Das Leben ist so ernst«, hatte Caroline Mario erklärt, als sie sich bei Katies Garage Sale kennenlernten. »Ein Fehler, und schon ist es aus mit einem. Ich glaube wirklich, daß die Welt heutzutage gnadenloser ist als damals in den Sechzigern, als meine Mutter noch Hippie war. Jetzt steht so unvorstellbar viel auf dem Spiel.« Ihre Verkrampftheit ließ sie verletztlich wirken – attraktiv. Jetzt scheint es, als hätte die Zukunft, als hätte die Vielzahl von Optionen sie ermüdet. Als hätte das Risiko sie ermüdet. Gestern hat sie all ihre Schminksachen weggeworfen.

»Wirst du –«, beginnt Caroline, doch Mario unterbricht sie. »Hey, dein Tattoo gefällt mir.«

Caroline, die ihr neues Mal anscheinend bereits wieder vergessen hat, schaut auf ihre Wade. »Ach, ja. Haut. Manchmal wünschte ich, ich wäre ein Skelett. Ohne Haut. Dann müßte ich mich nicht als Objekt fühlen.«

Na gut. Dann eben kein Smalltalk, denkt Mario. Sie lehnen sich zurück, lassen die Konzertatmosphäre auf sich einwirken und lauschen dem Schlagzeuglärm. Mario streichelt die schlaffe Krone aus American-Beauty-Rosen, die um Carolines Schädel geflochten ist. Er geht zur Toilette und kauft einem Skater aus Santa Barbara vier Trips à 100 Mikrogramm ab, 3 $ das Stück. Auf dem Löschpapier sind offene Fenster abgebildet.

Mario kehrt zu seinem Platz zurück, und Caroline beginnt, sich weiter über das Thema Wissenschaft auszulassen.

»Ach, Caroline«, bettelt Mario, »das Konzert fängt gleich an. Können wir später darüber reden?«

»Nein, Mario, es ist wichtig. Machst du dir denn nie Gedanken darüber, was los ist mit der Welt? In was für einer kranken McNugget-Kultur wir leben? Daß all unsere Vorstellungen, Ziele und Handlungen aus künstlichen Materialien bestehen, die gemahlen und zu präzise meßbaren Einheiten geformt in das Tabellenkalkulationsprogramm irgendeines reichen Typen eingespeist werden?«

Mario starrt Caroline ausdruckslos an.

»Ich werde mir die Achseln nicht mehr rasieren, Mario. Schau uns doch an. Wir haben lange Haare, aber sie sind quietschsauber. Klar, wir gehen barfuß, aber draußen wartet der Prelude deines Vaters auf uns. Das ist doch total verlogen.«

»Wie du meinst, Baby.«

Die Band kommt auf die Bühne, und die Menge johlt. Mario reicht Caroline zwei Trips. »Kopf hoch, Baby. Komm schon. Auf ins Wunderland.« Froh, daß er doch noch halbwegs kapiert hat, worum es in ihrem Vortrag geht, fügt er hinzu: »Wir sind die McDead.«

»Ja«, sagt Caroline, läßt die offenen Fenster in ihrem Körper verschwinden und träumt von einer anderen Welt, in der sich komplexe Probleme nicht als das Einfachste verkleiden, das es gibt, »wir sind die McDead.«

4

Richtig oder falsch: Es ist möglich, noch vor dem Tod Vollkommenheit zu erlangen

Fötus und der phönizische Phönizier kaufen an einem Verkaufsstand Orangendrinks.

»Eigentlich müßte es nicht *Uni*versum heißen«, brüllt der phönizische Phönizier gegen den Lärm an, der vom Konzert herüberdriftet, wo gerade gestimmt wird, »sondern *Multi*versum.«

»Wow, Mann«, murmelt Fötus benommen, ein wenig wie eine Comicfigur, und sein weißer Ziegenbart hängt in seinen Drink.

Der phönizische Phönizier alias Dennis ist freiberuflicher Datenerfasser aus Mill Valley, geboren in Phoenix, Arizona. Rhianna, eine längst verflossene Freundin, hat einmal behauptet, er habe als Heiler im alten Phönizien gelebt.

Fötus heißt eigentlich Carl. Den Spitznamen hat er bekommen, weil er zur Regression neigt, wenn er auf Drogen ist.

Die beiden Freunde reisen den Dead seit zwei Jahrzehnten hinterher, daher macht es keinem von beiden etwas aus, ein paar Minuten vom Konzert zu verpassen. Außerdem möchte Dennis jetzt seinen Yueh-Ling-Rotationstanz tanzen, und Fötus, tja, Fötus möchte sich jetzt einfach bei den zugedröhnten Leuten auf den Sitzen hinter der Bühne zum Fötus zurückentwickeln.

»Bis später, Alter«, sagt Fötus und macht ein Peace-Zeichen, während er sich von Dennis entfernt. Er stolpert über ein dickliches Baby, das einem blauen Citibank-Ballon hinterherkrabbelt, und sein Orangendrink schwappt über. Als er sich wieder gefangen hat, lächelt er erleichtert, signalisiert der Mutter des Babys »Peace« und rempelt dann rückwärts einen Deadhead in einem Football-T-Shirt der Eureka Loggers an, der gerade an einem Pacific-Bell-Apparat telefoniert. Der Orangendrink platscht Fötus aus der Hand auf den Zementfußboden des Platzes.

»Oh, wow –«, deklamiert er, »die Schwerkraft funktioniert ja *tatsächlich*«, und schon ist er in der Arena.

Dennis lacht über seinen Freund. Fötus ist so ... *menschlich*, denkt Dennis ein klein wenig mißbilligend. Er wünschte, Fötus würde mehr an sich arbeiten. Dennis ist der Meinung, er selbst sei zu neunundneunzig Prozent *da*. Den Rest seines Lebens kann er darauf verwenden, etwas aus dem einen verbleibenden Prozent zu machen – nach Big Sur gondeln ... sich die Sonnenaufgänge in Solano County anschauen ... die Sprache der Delphine lernen.

»Schuhe aus!« sagt sich Dennis und schleudert die Fesseln des Berufslebens von sich. Im Takt der Musik tanzt Dennis gemeinsam mit Hunderten anderer rotierender Tänzer in den Gängen seinen Freiheitstanz. Seine mausbraunen Dreadlocks wirbeln durch die Luft, die von einer Kordel gehaltene rote Baumwollhose und sein roter Koboldbart flattern zum Gitarrensound und dem Drumspace der Dead, und hin und wieder muß er linsenhaltigen Kotzlachen und vom Blech fliegendem Pixie Dust ausweichen.

Vor dem nächsten Song trinkt Dennis seinen gedoseten Orangendrink aus. Ein junger Deadhead fragt ihn, ob er ihm etwas davon abkaufen kann. »Wenn du erst so doof fragen mußt, kannst du sowieso nicht damit umgehen«, erwidert Dennis mit, wie er hofft, feierlichem Ernst.

»Steck dir deinen Stoff doch in den Arsch, blöder Hippie«, entgegnet der Junge.

Also wirklich. Diese Kids. Früher waren die Konzerte noch anders, denkt Dennis bestürzt und ein wenig verärgert, während er wieder anfängt, um die eigene Achse zu kreiseln. Es blieb immer alles beim alten, bis, *kawumm,* das Video auf MTV lief und die partygeilen Kiddies auftauchten, die mit dem wahren Spirit der Dead nichts am Hut haben. *Einige* dieser neuen Fans machen sich noch nicht mal die Mühe, das komplexe, streng reglementierte Ritual der postalischen Konzertkartenbestellung zu durchlaufen, sondern amüsieren sich einfach auf dem Parkplatz.

Na ja, wenigstens hat Dennis ein Publikum gefunden. Wenigstens kann er die Kunst des biodynamischen Yueh-Ling-Tanzes einer neuen Generation von um die eigene Achse rotierenden Tänzern vermitteln. Er ist ein Meister, der seine Kenntnisse an die nachfolgenden Generationen weitergibt. Vielleicht wird er … Moment mal … da, bei dem T-Shirt-Stand … dieses zarte junge Dead-Küken im altmodischen Blümchenkleid. Macht sie etwa Dennis' Tanzbewegungen nach? Na also, dann kann sie doch seine neue … *Schülerin* werden. Genau.

HAIR WRAPS
Lovingly crafted with
many different COLORS
Bells
BEADS

5

Leichtfertiger Umgang mit Rauschzuständen ist riskant

Mit Schichten von bunt zusammengewürfelten langen Unterhosen, Turnhosen, Secondhandpullovern, gerippten Arbeitssocken und Stiefeln bekleidet schiebt sich Doyle durch die im fluoreszierenden Licht tanzende Menschenmenge in den Gängen. *Pseudo-Deadheads*, denkt er. *Pseudo-Deadheads.* Er wünschte, sie würden alle plötzlich in Flammen aufgehen.

Unter seinem braunen Filzhut wirft Doyle den Jugendlichen finstere Blicke zu. Sein Kopf zuckt hin und her, denn er hofft ständig, entweder ein Freimaurersymbol zu entdecken oder einen Blick auf Thomas Pynchon zu erhaschen. Er fragt sich, ob eins dieser Kids wohl Spaß daran hätte, ein Heftchen durchzublättern, das die Entnazifizierung von Humboldt County propagiert.

Diese dummen modernen Fernsehkids, die in einer Galaxie von pornographischen Bier-Werbespots und Antidrogenhysterie ihr Leben verschlafen. Sie glauben, daß die Art des Rausches, für die sie sich entschieden haben, sie als Individuen definiert: welche Biermarke sie pissen, an welcher Krötenart sie lecken. Aber da liegen sie falsch. Der *Rausch* wird *sie* definieren und nicht umgekehrt. Diese Kids würden einen schlechten Trip nicht mal erkennen, wenn er ihnen auf den Kopf scheißen würde: Güterzüge, aus denen tote Vögel suppen; Kodiakbären, die lebende Delphine und ihre eigenen Tatzen in eine McDonald's-Friteuse tauchen; himmlische Symbole, die sich selbst verzehren; Durchfall, der den After wie ein Stahlrohr durchbohrt.

Doyle stapft die Gänge hinunter in den Zuschauerraum, hin zu den sich aufwürmenden Mikrofonen, die die »Taper« – Dead-Fans, die das Konzert mitschneiden – in die Luft halten. *Schwachköpfe*, denkt Doyle, *Schwachköpfe.* Selbst Leute, die aus der gleichen Ecke kommen wie er, merken nicht, wie angeschlagen die Dead-Szene ist. Die Polizei filmt die Parkplätze; in New Jersey sind Totenkopfaufkleber Grund genug für Fahrzeugkontrollen; die bei den Tourneen mitreisenden Aussteiger geben jungen Hunden Acid zu fressen; Dead-Frauen hocken sich zum Pinkeln auf Parkrasen.

Doyles Grübelei wird von einem Aufseher des Oakland Coliseum unterbrochen, der ihm sagt, er solle entweder weitergehen oder innerhalb der weißen Begrenzungslinien bleiben.

Faschisten, denkt Doyle, *Faschisten* …

6

Dein Körper gehört nicht dir

Diana ist aus Hawaii, wo sie auf der großen Insel bei einer Landerschließungsgesellschaft arbeitet, nach Oakland, Kalifornien gereist. Die Konzertpause ist fast vorbei, und Diana ist in den Zuschauerraum zurückgekehrt, nachdem sie unten in der Kinderkrippe nach ihren beiden Kindern – Jesse und Hope – gesehen und sich vergewissert hat, daß ihre Schaumstoff-Ohrstopfen richtig befestigt und die Vibes gut sind. Cody, Dianas Mann, steht oben auf der Zuschauertribüne. Er unterhält sich mit Keith, einem alten Freund, über den neuen DEA-Hubschrauber mit dem hitzeempfindlichen Radar, der eingesetzt wird, um Dope-Plantagen in Siskiyou County aufzuspüren. Keith geht es gut – solange er sein Lithiumcarbonat nimmt. Alles in allem entwickelt sich der Abend prächtig.

Diana fühlt sich heute abend sexy. Sie trägt ihr schwarzes Neiman-Marcus-

Cocktailkleid, dazu Cowboystiefel aus Emuleder und um den Hals einen Zuni-Lederbeutel mit Runen und Quarzkristallen darin. Doch sie kommt sich heute auch älter vor, viel älter als die Kinder, die ihr bei dem heutigen Konzert zahlenmäßig weit überlegen sind. Eine Welle der Zuneigung zu diesen Junior-Deadheads durchströmt sie, und gleichzeitig tun sie ihr leid. In den letzten Jahren, findet sie, sind nützliche Weisheiten in Vergessenheit geraten, und die modernen jungen Leute lernen nicht mehr die richtigen Worte, mit denen sie die richtigen Fragen stellen können.

Sie ist jedoch froh, daß die Mädchen heute abend kein Make-up und keine BHs tragen. Schließlich ist die Welt dafür *da*, daß Frauen schön sind; sie ist dafür *da*, daß Menschen einfach Menschen sind. Ihr gefällt die Vorstellung, daß ihre flaumigen Achselhöhlen über ihrem trägerlosen Kleid vielleicht ein paar junge Typen beim Konzert schockieren – die Einkaufszentrumjungs aus der Vorstadt, die gar nicht wissen, daß Frauen dort Haare wachsen. Ihr gefällt die Vorstellung, daß ihr Körper zu 100 Prozent ihr gehört – als sei er Landbesitz. Es bereitet Diana Sorgen, wie naiv die Menschen die Besitzrechte an ihrem Körper an andere abtreten – an den Ehepartner, den Staat, die Kirche, die Wissenschaft – und dabei fälschlicherweise annehmen, daß sie selbst die Kontrolle über ihr Fleisch ausüben: Klitoris- und Vorhautbeschneidung, Brautverbrennung, Schleier, Bürstenhaarschnitte, alle Fortpflanzungstechnologien ... Biologie im Belagerungszustand. Kaum zu glauben, wie viele Leute meinen, sie müßten *dir* sagen, was *du* mit deinem Körper anstellen, wofür *du* dich schämen solltest. Magersucht, Bulimie, Nautilus-Trainingsgeräte, Barbie-Puppen und Enthaaren mit Nair ... die Liste, meint Diana, ist schier unendlich.

Sogar das, was in den Köpfen der Leute vorgeht, gehört inzwischen nicht mehr so richtig ihnen, denkt Diana. Vor zwei Tagen, auf Hawaii, hat Jesse Tetris gespielt, *Doogie Howser* geguckt, eine Kriss-Kross-Platte mitgesummt – alles zur gleichen Zeit – und sich dabei auch noch über so eine Kopfhörer-Mikrofon-Kombination, die aussah wie die eines Angestellten der Zivilluftfahrtbehörde in Beverly Hills, mit Charlie von nebenan unterhalten. Jesse war zu einem lebenden Computerbildschirm mit vielen verschiedenen Fenstern geworden – die Daten bahnten sich mühelos von einem Fenster zum anderen ihren Weg. Dieses Erlebnis brachte Diana auf den Gedanken, daß sich die Menschen vielleicht zu der tonlosen Kommunikationsebene der Tiere zurückentwickeln, indem sie eine neue Sprache aus Kreisdiagrammen, Mausklicks und Strichcodes verwenden. So hatte sie sich die Welt allerdings nicht vorgestellt.

Cody kommt genau in dem Moment zurück, als die Musik losgeht und ein LSD-Trip mit einem bunten, glitzernden Farbschwall bei ihr zu wirken beginnt. »Hey, geht's dir gut, Schatz?« fragt er.

»Und wie!« antwortet sie und zwinkert ihm zu.

Die Lichter gehen aus; die Menge johlt. Diana stellt sich vor, wie in ihrem Vorgarten auf Hawaii ein Hubschrauber landet, dessen Rotorblätter die im Gras herumliegenden Fisher-Price-Spielzeuge hinwegfegen. Sie stellt sich vor, wie hawaiianische Polizisten aus dem Hubschrauber steigen und sie warnen, daß von dem Magmasee oben auf dem Berg Lava den Hang hinunter auf ihr Haus zufließt. Und dann sieht sie den Lavafluß, keinen Baseballwurf entfernt, und der Schleim mit der schwarzen Marshmallow-Kruste legt sich um einen Plumeriabaum, und der Saft des Baums spritzt wie eine Frikadelle auf dem Gartengrill.

Diana sieht zu, wie Lavafinger sich ihrem Haus nähern, um die Rotholz-Wände herumgreifen, die Aluminiumtür zur Waschküche verbeulen, sie eindrücken, bis die Lava die Küche füllt, so daß Ananasdosen und Gläser mit eingeweckten Kirschen platzen und brodeln, kochendheißes Wasser aus den Duschen explodiert und in den Toiletten siedet.

Diana sieht zu, wie Codys Satellitenschüssel und ihr Caprice Classic den Abhang hinuntergetragen werden. Und sie folgt dem Lavastrom hinab zum Ozean –

schwarze, prasselnde Mayonnaise, deren Oberfläche knackt und knistert wie … wie … Polaroid-Blitze, nein, Bic-Feuerzeuge, die bei einem Konzert entzündet werden.

Und dann trifft die Lava auf das türkisfarbene Ozeanwasser, wo sie durch den Schock bröckelnd erstarrt, sich zersetzt und einen neuen Strand aus warmem, schwarzem Sand bildet – einen Strand, der jetzt Diana gehört und über den sie nun läuft. *Dieser* Strand befindet sich an einem Ort, an dem es eigentlich keinen Strand geben dürfte. Bald werden Wellenmuster den schwarzen Sand fortlecken. Und niemand wird diesen Strand, nachdem er in der Nacht weggewaschen worden ist, jemals wieder betreten.

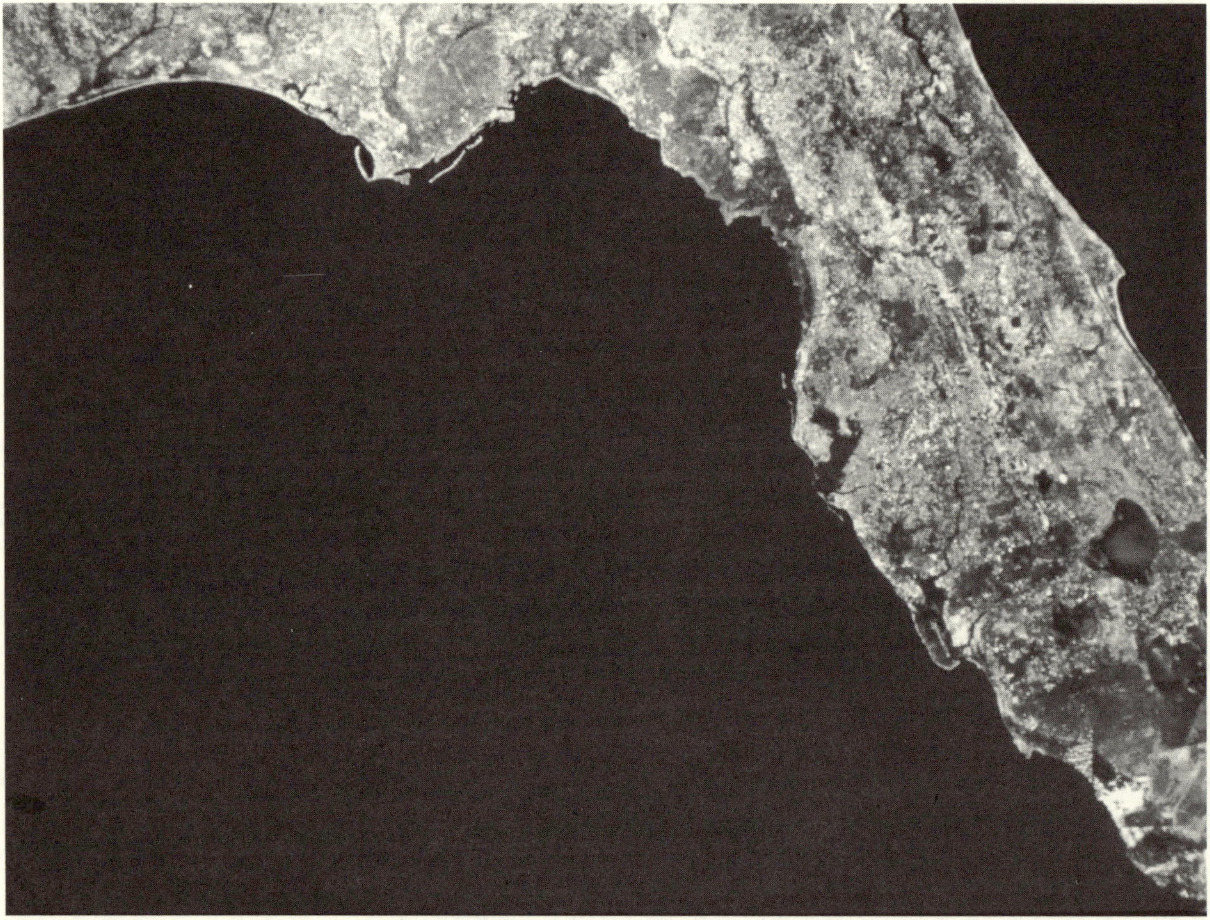

7

Du hast Angst, ruhiggestellt zu werden

Anfangs fand Speck Florida so anziehend, weil der Staat die Form eines Revolvers hat. Das war vor vier Jahren. Danach ließ er sich treiben. In Texas arbeitete er als Diätpolizist für einen Fernseh-Talkshow-Moderator. Er verbrachte endlose Stunden in Restaurants, um aufzupassen, daß sein Schützling nur Salate bestellte und ausschließlich mit Süßstoff süßte. In Arizona lernte er, Klimaanlagen zu reparieren, doch er glaubte, er würde vor Langeweile geisteskrank werden. Danach verschlug es ihn wieder in seine Heimatstadt, Dearborn, Michigan – »das Silicon Valley von 1947« –, aber die Winterkälte erinnerte Speck daran, weshalb er damals dort abgehauen war.

Auf der Durchreise in Berkeley lernte er – ganz prosaisch in der Obst- und Gemüseabteilung bei Andronico's, einem Delikatessengeschäft, in dem es achtzehn verschiedene Apfelhybriden zu kaufen gibt – eine altjüngferliche Nordkalifornierin kennen. Alice – in den Vierzigern und die Erbin einer Stockton-Reis-Dynastie – hat etwas von der kitteltragenden Miss Jane Hathaway aus den *Beverly Hillbillies.* Sie hat Speck ein Paar Hanteln und ein rotes Telefon in Form eines Porsche gekauft; Speck schläft in seinem Zimmer im Erdgeschoß und einmal pro Woche in ihrem.

Heute abend besucht Speck ein Grateful-Dead-Konzert im Oakland-Alameda County Coliseum, denn er hat draußen auf dem Parkplatz wie durch ein Wunder ein Ticket ergattert. Alice glaubt, er sei bei einem Treffen der Anonymen Alkoholiker, die sie verblümt als »Abstinenzliga« bezeichnet. Auch sie ist heute abend ausgegangen, zu einer Literaturveranstaltung der Universität. Speck weiß nicht genau, wo*rum* es dabei geht; er widmet Alice' Alltag keine allzugroße Aufmerksamkeit; sie ist nun mal stinknormal und läßt sich extrem leicht täuschen. Er wünschte, sie wäre etwas weniger berechenbar. Dennoch versucht er, nicht grundlos grausam zu ihr zu sein; zwischen ihnen herrscht ein wohltuendes Schweigen. Manchmal hat er das Gefühl, sie habe ihm einen Brief geschrieben und wolle nicht unnütz Worte verlieren, bevor der Brief angekommen ist und er ihn gelesen hat. Das macht ihn neugierig. Und außerdem – Alice' schindelgedecktes Arts-and-Crafts-Haus an der Hearst Avenue ist einfach zu gemütlich. Er hat sich fest vorgenommen, das winzige Miró-Landschaftsbild im Wohnzimmer *nicht* mitgehen zu lassen.

Der zweite Set der Band hat gerade begonnen, da bemerkt Speck in dem harten Licht der Coliseum-Toilette, wo er sich einen Schmutzfilm aus Haschischqualm aus dem Gesicht wäscht, daß er längst nicht mehr so gut aussieht wie früher. Der Lack ist ab. Heute ist sein fünfundzwanzigster Geburtstag. Seine Frische beginnt einer gewissen Härte zu weichen. Als unerbittlicher Kritiker der menschlichen Physis stellt er fest, daß seine Gesichtszüge mittlerweile so angespannt sind, daß er mürrisch aussieht, vielleicht sexbesessen, oder gar wie jemand, der eine *Vergangenheit* besitzt. Er glaubt zwar, daß sein Aussehen ihm das Leben immer noch erleichtern wird, doch mit der kalkulierten jungenhaften Unbekümmertheit, durch die er es bis zum fünfundzwanzigsten Lebensjahr geschafft hat, ist es jetzt vorbei.

Vorhin hat Alice Speck zu einem Geburtstagsessen bei Chez Panisse an der Shattuck Avenue eingeladen. »Käsepenis« hat sie ihn beim Essen genannt – das schmutzigste Wort, daß er je in der Öffentlichkeit aus ihrem Mund gehört hat. Er war schockiert, was nur äußerst selten vorkommt. Bei dem Essen waren noch zwei von Alice' Freundinnen, die alle schwere Pullover tragen und einen IQ von 300 haben, zugegen, Isabel und Lorraine. Man sprach vor allem über die Veränderungen der globalen Wetterstruktur und die Trennung von Kirche und Staat (»Sonntags einkaufen – ist das der Weisheit letzter Schluß?« fragte Alice).

Alice, Isabel und Lorraine schienen Specks Äußerungen zu gefallen, und *ihm* gefiel es, daß er einmal aufgrund seiner geistigen Fähigkeiten Anklang fand. Er erläuterte ihnen seine Theorie, daß offenbar ziemlich genau zum gleichen Zeitpunkt, zu dem Detroit die Tiernamen für neue Automodelle ausgehen, die Tiere von der Erde verschwinden. »Zufall?« fragte er und erntete ein flirrendes, genüßliches Kichern.

Dann tat er kund, wo es sich seiner Meinung nach am schlechtesten leben ließe, wenn die Ölvorräte endgültig aufgebraucht wären – Honolulu, New England, in der kanadischen Küstenregion –, wo es sich am schlechtesten leben ließe, wenn es keine Elektrizität mehr gäbe – im amerikanischen Sonnengürtel mit all seinen Klimaanlagen – und wo es sich am schlechtesten leben ließe, wenn die Klimakatastrophe schließlich einträte: »Eigentlich überall außer im Nordwesten der USA.«

Isabel und Lorraine versuchten, Specks Ego zu bauchpinseln, ihm das Gefühl zu geben, er sei ein bißchen gefährlich – und Alice' Macho-Sexphantasien anzustacheln. Speck fand es toll, im Mittelpunkt zu stehen. Er erzählte der Tischgesellschaft, welche Buchstaben auf den Nummernschildern des Mazda Miata, über den Alice manchmal redet, stehen sollen: ORH-, seine Blutgruppe. »Wenn ich einen Unfall habe«, sagte er, »brauchen die Sanitäter keine Zeit damit zu verlieren, meine Blutgruppe zu bestimmen.« Isabels und Lorraines gespieltes Erschrecken ließ Alice dankbar erröten. Vielleicht rührte die Aufgekratztheit der Tischgesellschaft auch von den Ionen her, mit denen der Regen die Luft aufgeladen hatte. Alice schaut aus dem Fenster; was für ein verregneter Tag. Die jahrelange Trockenheit ist vorbei.

Wie er heute abend beim Grateful-Dead-Konzert so zwischen all den zugeknallten, begeisterten Menschen hin und her läuft, ist Speck froh, an einem hipperen Ort mit hipperen Menschen zu sein. Jetzt hält er Ausschau nach dem, was er hier vor allem anderen zu finden hofft: einem blonden, hundeäugigen, siebzehnjährigen Nymphchen, das einen spirituellen Lehrer und nach dem Konzert jemanden braucht, der es zur BART-Station begleitet.

Diese Dead-Konzerte. Als er noch ein Teenager war, fand er sie immer total öde – nur Hell's Angels und abgerissene Hippie-Typen. Doch in letzter Zeit ähneln sie durch die Invasion der MTV-Kids eher diesen Woodstock-Fotos, die er mal gesehen hat – *peace, love and understanding* –, nur daß jetzt alle vorher ein Bad genommen haben. So viele hübsche junge Dinger.

Auf all die Skelette, von denen es im Umfeld des Konzerts nur so wimmelt, könnte Speck allerdings gut verzichten – Skelette auf T-Shirts, Skelette auf Aufklebern, Skelette auf Mützen und Schmuck. Sie erinnern ihn an die mit Draht zusammengehaltenen Knochen eines Huron-Indianers zu Hause in Michigan – in Ypsilanti in der Nähe von Dearborn –, die in einem Wartezimmer standen, in dem er sich als Kind nach der Schule endlose Stunden lang aufhielt, während sein Vater in einem Ärztezentrum putzte.

Wenn er die Bedeutung all dieser Skelette verstünde, wüßte Speck vielleicht, wie er sich an die Unmengen reinhäutiger junger Mädchen heranmachen könnte – Mädchen, für die Sex noch nicht zu einer Abfolge von mechanischen, nicht reproduktiven Zusammenstößen geworden ist. Speck braucht heute abend dringend

Hilfe – aus irgendeinem Grund will niemand etwas mit ihm zu tun haben. Er fragt sich, ob der Anblick seines alternden Gesichts im Spiegel vielleicht zuviel für ihn war und er deshalb jetzt an Fremde schlechte Vibes aussendet. Auf diese Mädchen mit ihren flaumwangigen Boy-Toys muß er sehr *verbraucht* wirken. Wahrscheinlich macht er diesen jungen Menschen angst, so wie ihm die Überlebenden und Opfer der Hippie-Ära, die im Publikum verteilt sind, mit ihren Schrumpfapfelgesichtern angst machen. Oder schlimmer noch, vielleicht strahlt er die gleiche brutale Unheimlichkeit aus wie die verknorpelten, ledrigen Junggesellen und Stewardessen, die er immer in den Fitneßcentern und Flughafenbars sieht – die stroh-dauergewellten Sex-Androiden vom Planeten 1971 – einer Marina-del-Rey-artigen Vorhölle, in der es schon seit zehn Jahren keine postkoitalen Omeletts und Pilzsuppen mehr gibt.

Speck beschließt, die Nymphen für heute abzuhaken. Er schlendert in den Zuschauerraum hinaus, vorbei an den kreiselnden Deadheads, die ihm ziemlich auf die Nerven gehen, und flucht: »Hey, Mann – das ist ja alles gut und schön, bis mal jemand ein Auge dabei verliert.«

Er geht die Seitengänge entlang, und dann sieht er *sie* – da läßt sie in ihrem Kittel die Hüften kreisen und singt mit geschlossenen Augen mit, ihre Perlenkette fliegt klackend zur Seite – es ist Alice. Speck erstarrt; Alice' Körper bewegt sich träge und fließend. Sie ist keine tattrige alte Jungfer mehr, sondern die Vision von etwas Gutem.

Speck entspannt sich wieder; er begrüßt sie nicht. Statt dessen rennt er auf den Parkplatz hinaus, holt seinen Pickup und rast auf der 880 nach Berkeley, die Abfahrt zur Universität hinunter, den Berg hinauf bis zu dem Haus an der Hearst Avenue.

Dort betritt er sein Zimmer im Erdgeschoß und freut sich über die Stille. Besonders schön findet er es, zu wissen, daß in diesem Moment das Konzert noch im Gange ist.

Er setzt sich auf sein Bett. Alice hat eine große, regenbogenfarbene Kerze angezündet, die ihn dort auf seinem Shaker-Nachttisch erwartet. »Du tolles kalifornisches Girl«, murmelt er vor sich hin.

Regen fällt auf seine Fensterscheiben. Er hört sich selbst atmen. Zum ersten Mal bemerkt, wie groß die uralte Zuckerkiefer ist, die vor seinem Fenster wächst. Er geht auf die andere Seite des Zimmers, rückt seine Hanteln gerade und kehrt dann zu seinem Bett zurück. Er beugt sich über seinen Nachttisch und wärmt sich die Hände über Alice' Kerze. »Hey«, sagt er, »ich glaube, ich bleib 'ne Weile hier.«

8

An das, was du vergessen wolltest, kannst du dich nicht mehr erinnern

Sein Geld verdankt Ben der Software. Er hat ein kalifornisches Vermögen angehäuft, das sich ebensowenig wegdenken läßt wie die Grillen auf Ronald Reagans Ranch an einem heißen Sommertag. Danke, Bendix. Danke, Morton Thiokol. Danke, GE, Bechtel, Raytheon, Amana, Honeywell und Motorola.

Ben kann es sich sogar leisten, sich keine Gedanken darüber zu machen, daß er sich in der Warteschlange für das Konzert heute abend seine Bally-Suisse-Budapester für 650$ ruiniert hat. Diese Schuhe hat er erst heute nachmittag in San Francisco gekauft, nachdem er im VIP-Tresorraum der Bank of America seine Schatzbriefe durchgesehen hat. Er hätte es sich wirklich denken können. Gestern abend, auf dem Flug von Boston hierher, sagte der Pilot den Passagieren, sie sollten um Regen beten – ein merkwürdiges Eindringen von Mystik in das weltliche

Leben. Der Pilot erklärte, ein Sturm trödele vor der Küste herum und könne sich nicht recht entschließen, sich ins Binnenland zu bewegen.

Da es regnet und er nasse Schuhe hat, kann Ben sich jetzt ohne schlechtes Gewissen zusammen mit den anderen Deadheads die Socken ausziehen – schlechtes Gewissen deshalb, weil sein Reichtum ihn daran hindert, weiterhin der Sixties-Kultur seiner Jugend anzugehören, einer Epoche, die er heute durch die Weichzeichnerlinse eines AT&T-Werbespots sieht: ein junger Hund, der vor dem Avalon Ballroom an Crazy Susans Umhängetuch kaut; der Blick von San Bruno aus auf den Sonnenuntergang über Daly City, während das Geschnatter der LSD-Freaks im Bus klingt wie Charlie Browns Lehrer; Gänseblümchen knabbern im Haus der melancholischen Leandra in Menlo Park, einer Art edwardianischer Kleenex-Schachtel aus poliertem Rotholz; sich am Muir Beach nackt ausziehen.

Dead-Konzerte. Ohne sie wären die 60er inzwischen ausgestorben. Ben hat in den letzten Jahren sein Geld dafür ausgegeben, den Dead um die ganze Welt hinterherzureisen: Kairo, Dijon, Lille, Boulder, Rotterdam … dieser Ära hinterherzulaufen, nicht zuzulassen, daß sie stirbt.

Er erinnert sich an einen alten Science-fiction-Film, den er mal gesehen hat, *Lautlos im Weltraum.* Darin reist nach der Zerstörung der Erde durch den Atomkrieg ein Raumschiff – eine Arche – mit Saatgut und Bäumen beladen durchs Universum, auf der Suche nach einem neuen Planeten, der als Heimat dienen könnte. Das Oakland-Alameda County Coliseum kommt ihm heute abend vor wie dieses Raumschiff – wobei die 60er Jahre der tote Planet sind und die jungen Deads das Saatgut. Ben mustert die Freaks. Debile Überlebende. Drogenwracks. Ben betrachtet sich selbst zwar nicht als Drogenwrack, aber er weiß, daß ein kleiner Teil seines linearen Denkvermögens durch all die Trips verlorengegangen ist. Doch vielleicht hat ihm die Nonlinearität bei seinem Computerjob für die Rüstungsindustrie geholfen. Bens Tochter, Skye, sagt, er sei ein Spasti. »Wenn man so alt ist wie du und zu Dead-Konzerten geht, *muß* man einfach ein kaputter Typ sein«, sagt sie. Die Kinder der 90er sind so hart.

Ben trägt heute wie die meisten älteren Deadheads beim Konzert einen typischen Artikel der 60er-Jahre-Kultur, ein T-Shirt mit der Aufschrift HELLO SAN FRANCISCO – PLEASE IDENTIFY YOURSELF. Hier braucht schließlich keiner zu wissen, daß er Bankkonten in Luxemburg besitzt.

Skye sagt, Hippies kleideten sich nach dem Zufallsprinzip, wie Landstreicher oder Penner. »Gruselig. *Wenn* man diesen Sixties-Hippie-Scheiß schon unbedingt tragen muß, dann sollten die Sachen *bitte* zusammenpassen.« Skyes Neo-Sixties-Modetheorie der kalkulierten Zufälligkeit, die man im Einkaufszentrum kaufen kann, hat mit dem wahren Wesen der Hippie-Couture wohl nicht mehr allzuviel zu tun.

»In den Sixties ging es darum, wer man *war«,* erklärte Ben Skye, »nicht, wie man aussah.«

»Reg dich ab, Dad.«

Als er ihr vorschlug, sie könne heute mit ins Konzert kommen, verdrehte Skye die Augen, schob eine neue Pet-Shop-Boys-CD in ihren CD-Walkman und nahm dann den Aufzug hinunter in die Mark-Hopkins-Lobby, um dort nach Berühmtheiten Ausschau zu halten. Also ging Ben mit Allan ins Konzert, einem alten Kumpel aus der Filmore-West-Zeit, der jetzt als Gefäßchirurg in Millbrae arbeitet. Nach der Hälfte ging Allan: »Tolles Konzert, Ben. Jetzt muß ich aber los – morgen früh tausche ich einem Alkoholiker die Venen aus. Ich ruf dich bald mal an.«

Seufz. Selbst Biker gibt es heutzutage nicht mehr, und Skye hatte recht – diejenigen, die immer noch dabei sind, obwohl sie langsam alt werden, sehen mittlerweile aus wie Comic-Karikaturen ihrer selbst – Freak-Brothers-mäßige Bärte, Westen und Jeans; lächerliche Liebesgötter à la Manson, mit Tätowierungen und regenbogenfarbenen Klamotten. »Dead-Konzerte sind wie ein Themenpark, Dad«, sagt Skye. »Groovy World.«

Und außerdem sind heutzutage alle so arm. Jahrzehntelang war es sehr beliebt, auf die Mittelklasse einzuprügeln, und dann, *pffft*, hatte sie sich plötzlich in Luft aufgelöst, und jetzt fehlt sie Ben ganz furchtbar. Nichtsdestotrotz ist es ja *nicht* so, daß man, nur weil andere Leute arm sind, nicht versuchen sollte, sein *eigenes* Geld zusammenzuhalten. Da beißt die Maus doch keinen Faden ab. Dennoch gibt Ben Bettlern Geld, obwohl die heutzutage eher wie Schnorrer wirken. Seit wann und warum ist die Welt eigentlich so polarisiert?

Noch ein Seufzer. Heute gönnt er sich nur Dope, kein Acid, und auch davon nicht besonders viel. Für morgen früh um 6.30 Uhr steht eine telefonische Dreierkonferenz mit der Dresdner Bank auf dem Programm, und außerdem für morgen abend 20.00 Uhr, wieder in Massachusetts, ein Gespräch mit Skyes Lehrern.

Ein einsamer Schluck Cola.

Seltsam, daß man, wenn man jung ist, keine Erinnerungen hat. Und dann wacht man eines Tages auf, und, *peng*, plötzlich sind die Erinnerungen stärker als alles sonst im Leben, so daß einem die Gegenwart von nun an immer traurig vorkommt, als könne sie nicht mit der glorreichen Vergangenheit, die jetzt ein eigenes Leben bekommen hat, mithalten. Skye sagt: »Dad, du beschwerst dich immer darüber, daß Leute meines Alters sich nie gegen etwas auflehnen, aber sobald wir auch nur Pieps sagen, seid ihr Ex-Hippies die ersten, die uns fertigmachen, weil wir angeblich nicht im geringsten so engagiert oder effektiv sind, wie *ihr* es in den verdammten 60ern wart. Entscheidet euch doch mal. Hört auf, uns für *eure* Enttäuschung darüber, was aus *euch* geworden ist, büßen zu lassen.«

Autsch. Ben lehnt sich zurück und sieht zu, wie sich eine Milchstraße von Bic-Feuerzeugblitzen im Dunkel über den Sitzen des Coliseum spannt. Er weiß, daß die Musik bald aufhören wird. Und er fragt sich – voll Angst und Verwirrung und Trauer über etwas Verlorenes –, auf welchem fremden Planeten das Raumschiff des heutigen Abends landen wird.

9

Die Technik wird uns die Eintönigkeit der sich wiederholenden Geschichte ersparen

Erik und Jamie wollten heute eigentlich schwimmen gehen und dann zum Kaffeetrinken zu Leon, wo das angemessen postmoderne Thema des Abends lauten sollte: »Werbespots, die wir hassen, und die Menschen, die sie lieben«. Jamie wollte Suzanne Sommers beim Training mit einem ThighMaster nachspielen und Erik Ann B. Davis in dem Spot für Minutenreis. Aber gerade als sie aus der Tür waren, kam Sherrilyn, »die verrückte Hippie-Schlampe aus 2B«, die Treppe hinaufgerannt, drückte Jamie zwei Grateful-Dead-Tickets in die Hand, stieß hervor: »Euch ist ein Wunder geschehen« und brauste dann in ihrem Celica den Bancroft Way runter, um ihre Mutter im Blue-Cross-Krankenhaus in Sacramento zu besuchen.

»Warum nicht?« sagten sie und gingen zum Umziehen schnell wieder hinein, in der Hoffnung, ein passendes Summer-of-Love-Outfit zustande zu kriegen. Schließlich schusterten sie eine etwas zu sterile und möglicherweise »zu Gap-mäßige« Interpretation drogenvernebelter Hippie-Lässigkeit zusammen: 501er, Desert-Boots, abgetragene Sweatshirts, weite Pullover und natürlich Glasperlenketten.

Das ist ein paar Stunden her. Jetzt ist das Konzert fast vorbei, und Erik und Jamie flüchten ein paar Songs vor dem Ende des Auftritts aus dem Oakland-Alameda County Coliseum.

»Als Teenager hab ich immer gedacht, daß die Hippies die Welt zerstören würden«, erklärt Erik. »Und das glaube ich immer noch.«

Jamie sagt nach einer Pause: »Na ja … wenigstens gab's dort keine Pantomimen.«

An den verfrorenen, feuchten Deadheads vorbei, denen nicht das Wunder zuteil geworden ist, Eintrittskarten geschenkt zu bekommen, und die immer noch eine traurige Party feiern, eilen die beiden durch die verregnete Dunkelheit des Parkplatzes zu Elvis, dem 75er Pacer mit dem schweizerisch sauberen Innenraum, den Jamie letzten Sommer für 900 $ gekauft hat.

»Du hast da doch nicht etwa was ge*ges*sen, oder, Jamie?« fragt Erik, als er die Tür öffnet. »Diese Leute tun *über*all Acid rein. Ich will schließlich nicht, daß du aus dem Fenster springst, weil du glaubst, du kannst fliegen.«

Jamie sagt: »Ich bin mir da drin wie Andy Warhol vorgekommen – als der in den Sechzigern mit diesen Speed-Freaks nach Fire Island gefahren ist, hat er bloß Schokoriegel und Dosenlimo zu sich genommen, damit ihm keiner was ins Essen tun konnte.« Sie wechselt das Thema. »Gibt es eigentlich Laptop-Mikrowellengeräte? Dann hätten wir uns Lean-Cuisine-Gerichte mitbringen können.«

Der Wagen springt an.

»Wirf ein Tape ein. Schnell«, bettelt Jamie.

»Welches denn?«

»Songs über Roboter – geschrieben von Registrierkassen. *Irgendein* Gegenmittel gegen dieses Hippie-Zeug.«

New Order erfüllen das Auto, das langsam warm wird. Erik und Jamie sind in eine Zukunft zurückgekehrt, mit der sie leben können: karg, profan, klar verständlich und rational – eine Zukunft, die ihre beinahe puritanische Überzeugung widerspiegelt, daß Exzeß an sich schon eine Strafe ist.

Doch obwohl Erik und Jamie erleichtert sind, wieder in einer vertrauten Welt zu sein und sich nur allzu gern über die andere, die sie eben verlassen haben, lustig machen, sind sie auch ein bißchen enttäuscht – als ob das heutige Konzert, wie zufällig Erik und Jamie auch ins Coliseum geraten sein mögen, ein Versprechen barg, das nicht eingelöst wurde. Sie hatten angenommen, der Deadhead-Lebensstil, der sich so radikal von dem ihren unterscheidet, würde ihnen konstruktive Hinweise zum Umgang mit der neuen Gedankenwirtschaft bieten, zu der die Welt sich hinentwickelt. Aber nein.

»Meine Güte, wieso beten diese Leute bloß all diese Skelette an?« fragt Erik rhetorisch. In seinen Augen stehen Skelette für den Tod: atomarer Erstschlag, Röntgenbilder; Verwesung; Biafra, vergiftete Milch. »Verdammt unheimlich. Daran ist doch gar nichts sympathisch oder liebenswert. Brrrr …« Die einzig positive Skelett-Assoziation, auf die Erik sich besinnen kann, ist ein alter David-Bowie-Song, »Chant of the Ever-Circling Skeletal Family«, ein merkwürdiges Füllsel von dem Album *Diamond Dogs.* Dieses so gut wie textlose Stück erzeugt in Eriks Kopf Bilder von Flugzeugen voller Skelette, die ewig die Welt umkreisen. Er erzählt Jamie davon; für ihn, sagt er, sei die Vorstellung von Skeletten, die in Flugzeugen reisen, eine Analogie zu Impfstoffen: »Glänzende Proteinpanzer – der Metallkörper des Flugzeugs –, gefüllt mit Ribonukleinsäure mit totem Kern – den Skeletten darin.« Erik ist von dem Aberglauben erfüllt, daß die Menschheit solange, wie 747er Boeings die Welt umkreisen, immun gegenüber einer unbekannten Seuche ist, die sie zurück in den Dreck werfen würde.

»Weißt du, woran dieser Abend mich erinnert hat?« fragt Jamie. »An diesen Zeichentrickfilm, den wir in der Grundschule gesehen haben – über eine moderne

Kleinfamilie, die in die Vorgeschichte zurückversetzt wird und sich mit einer Familie von Höhlenmenschen anfreundet. In einer Woche lernte die Höhlenfamilie zum Beispiel den Toaster kennen, und in der nächsten erfuhr das Teenager-Höhlenmädchen vielleicht, wie man mit Jungs anbändelt. Es ist so, als kämen die Deadheads nicht aus dem *Jetzt*, sondern irgendwoanders her – sie sind diese Höhlenfamilie. Sie improvisieren einfach mit allem, was gerade da ist – mit Schulbussen und so weiter –, und warten darauf, daß sie sterben. Sie fühlen sich ihrer Zeit oder dem Ort, an dem sie leben, unserer Gesellschaft, nicht verpflichtet.«

Erik entgegnet: »Das sagst du doch nur, weil du dir Sorgen um den Verfall des sozialen Verantwortungsbewußtseins im allgemeinen machst.«

»Kann sein.«

Der Wagen verläßt den Parkplatz, an Deadheads vorbei, die auf Pappschildern um Mitfahrgelegenheiten zu fernen Orten betteln: nach Wisconsin, nach Kamloops, nach Morristown. »Tut mir leid, Jungs«, sagt Erik. Sie warten an der roten Ampel.

»Ich wette«, sagt Jamie, »wenn wir Acid nähmen, würden wir die Deadheads verstehen.«

»Hey, Babe – du zuerst. Und schreib mir 'ne Postkarte, wie das ist.«

»Nein, *du* zuerst.«

»Nein, *du* zuerst.«

»Nein, *du* zuerst.«

»Nein, *du* zuerst.«

Die Ampel springt auf Grün, und Jamie fährt weiter und biegt nach links ab, auf die Zufahrt zur 880. Die Autofenster sind beschlagen. Erik wischt sein Fenster mit seinem Pullover ab und sieht zur Linken ein helles Licht am Himmel. Er dreht das Fenster ein Stückchen herunter und sieht genauer hin. Dort im Westen, über einem Oaklander Industriepark, steigt etwas über dem Unisys-Turm in den Himmel, das er zuerst für den Mond gehalten hat, doch es ist ein Flugzeug.

CALIFORNIA
2KDW961

10

Wie klar ist deine Vision vom Himmel?

Die Kinder starren in den Regen hinaus.

Columbia drückt Logan, ihren drei Wochen alten Sohn, an ihre Brust und sagt: »Komm schon, Luke. Shasta, Liebes – kommt jetzt rein«, doch die Zwillinge trödeln vor den rostigen Türen des 71er Econoline-Vans herum und planschen interessiert mit ihren fleischigen Zehen in kalten Pfützen. Als kleine Kalifornier haben sie mit ihren vier Jahren schon Sandstürme und hundert salzige Nebel erlebt, aber noch nie einen echten Regen gesehen.

Columbia zerrt ihre Kinder hoch in den Van und setzt sie auf ihre Schaumstoffpolster neben Kashmir und Vanilla, die dösenden Schäferhunde. Daß der Regen sie so fasziniert, verwirrt Columbia. Regen ist etwas, das einfach, nun ja, *da* ist – nichts, an dessen ersten Anblick man sich üblicherweise erinnert, wie an den einer Leiche oder eines brennenden Hauses. Sie fragt sich, ob die Begeisterung ihrer Kinder für den ungewohnten Regen ein Zeichen dafür ist, daß sie bei ihrer Erziehung irgend etwas falsch gemacht hat.

Wie auch immer, auch Columbia ist nicht ganz bei der Sache, als sie die Kinder auszieht und sie schon mal für die einschläfernd ruckelnde Rückfahrt über die Berge fertigmacht. Sie hat es zwar genossen, den Abend auf dem Parkplatz herumzuhängen und mit den Deadheads zu plaudern, die am Wagen vorbeikamen, aber sie ist wütend auf Ezekiel, ihren Mann. Nicht deshalb, weil er sie mit den Kindern draußen auf dem Parkplatz gelassen hat, während *er* zum Konzert ging – ein drei Wochen altes Baby ist einfach zu klein für einen Konzertbesuch. Columbia ist vielmehr sauer, weil Ezekiel bei ihnen zu Haus, in ihrer kleinen, mit Rotholzschindeln gedeckten geodätischen Kuppel in den Sierras von Lassen County, immer so schlampig ist.

»Deck dich zu, mein Süßer«, sagt sie zu Luke. »Wir fahren bald nach Haus.«

»In unser Haus?« fragt Luke.

»Ja«, sagt Columbia und legt das Baby, Logan, auf den Beifahrersitz. »In unsere Kuppel.« Sie hilft den älteren Kindern beim Zuknöpfen ihrer Schlafanzüge: Herrenflanellhemden, für neunundzwanzig Cents pro Stück im St. Vincent's Secondhandladen in Reno gekauft. Sie richtet eine umgekippte Reisbüchse wieder auf und fegt den verschütteten Reis durch ein Rostloch im Boden.

Ja, sie ist sauer auf Ezekiel – Ezekiel hatte in Susanville ein Plastikplanschbecken für Logans Unterwassergeburt gemietet. Nicht daß die Geburt nicht gut verlaufen wäre, keineswegs – fast herrlich schmerzlos war sie, obwohl er beinahe doppelt soviel wog wie Luke und Shasta zusammen. Das Problem ist vielmehr, daß Ezekiel sich einfach nicht die Mühe gemacht hat, die Nachgeburt und das Wasser wegzuschütten. Wochenlang stand diese Mischung tagein, tagaus in dem Planschbecken vor der Kuppel und entwickelte sich zu dem bizarren Schichtcocktail eines toten

Playboys – rostige Tomatensülze mit einer pissiggelben Essiglösung obendrauf. Der Gedanke, daß von der Trockenheit ausgedörrte Bären, Wölfe und Adler oben in den Bergen ihre Körperflüssigkeiten trinken, ekelt Columbia; Ezekiel hingegen erregt er. Diesen Schritt von Abscheu zu mythischer Sinnlichkeit kann Columbia einfach nicht nachvollziehen.

Wenn Ezekiel aus dem Konzert kommt, was nicht mehr lange dauern kann, wird er zumindest so bedröhnt sein, daß er nicht mehr dermaßen verstockt sein dürfte wie auf der Fahrt vorhin von Nordwest-Kalifornien durch den Highway-24-Tunnel nach Oakland. Wahrscheinlich, denkt Columbia, sieht sie das alles ein bißchen zu eng. Aber *ehrlich.* Und diese armen Leute in Susanville wollen bestimmt bald ihr Planschbecken wiederhaben. Und *woher* soll das Geld dafür kommen? Und wann wird das Becken endlich saubergemacht?

Die Zwillinge bewegen sich leise unter ihren Decken, und Kashmir und Vanilla drängen die Schnauzen an sie und spenden ihnen Wärme. Um den Hals der Kinder liegen violett leuchtenden Neonhalsketten aus Plastik, die Ezekiels Baumpflanzpartner Pete ihnen vor dem Konzert geschenkt hat.

Die Kinder sind müde und ein bißchen quengelig. Das Trommeln des Regens auf dem Blechdach des Wagens geht ihnen auf die Nerven. Sie wollen eine Geschichte. Columbia sitzt auf ihrem Hocker neben den Türen, schaut aus den winzigen Fenstern hinaus auf das weit entfernte Coliseum und versucht zu improvisieren. Sie denkt an die Geschichten, die ihre Mutter *ihr* während ihrer Kindheit in der Kommune in Mendocino erzählt hat. Sie denkt an ihre Welt. Sie streicht sich eine schmutzige Haarsträhne aus der jungen Stirn.

»Es war einmal«, beginnt sie, »eine Märchenstadt.«

»Eine richtige Stadt?« fragt Shasta.

»Ja, Schatz, eine richtige Stadt.«

»Eine Stadt mit Rehen?« fragt Luke.

»Ja, Schatz, mit Rehen.« Columbia beginnt noch einmal von vorn. »Es war einmal eine Märchenstadt am Ozean, deren Einwohner Gott so sehr liebte, daß er sie in großem Überfluß leben ließ und mit Lichtern und Brücken und Türmen und Pferden, die nie müde wurden, segnete.«

»Vergiß die Rehe nicht«, fügt Luke hinzu.

»Ja, Schatz, und mit Rehen. Und die Einwohner der Märchenstadt waren dankbar für diesen Segen. Aber die Stadt hatte ein Problem: Es wollte einfach kein Regen vom Himmel über ihnen fallen.

Und daher war die Märchenstadt knochentrocken – und das schon so lange Zeit, daß ihre Einwohner sich kaum noch daran erinnern konnten, wie sich Wassertropfen auf der Haut anfühlen. Jahr für Jahr beteten die Bewohner der Stadt um Regen, doch Jahr für Jahr zog der Regen an der Stadt vorüber. Die Menschen beteten weiter – immer lauter –, doch der Regen kam *immer* noch nicht. Die wundervolle Schönheit ihrer Stadt verlor ihren Glanz, als ob auf ihnen allen ein Fluch lastete.

Und dann kam eines Tages ein Skelett in die unter der Trockenheit leidende Märchenstadt, und die Einwohner der Stadt fürchteten sich, denn sie dachten, das Skelett hätte sicher etwas mit der Trockenheit zu tun.

Und der König stand ängstlich vor dem Skelett und fragte: ›Skelett, wer bist du, und was willst du in unserer Märchenstadt?‹

Und das Skelett sagte: ›Wer ich bin? Ich bin *du* – ich bin das Skelett, das in euch allen steckt. Ich bin gekommen, um euch zu sagen: Fürchtet euch nicht – eure Stadt ist nicht verflucht. Aber ich muß euch auch etwas Wichtiges sagen.‹

›Und was ist das?‹ fragte der König, dem ebenso die Knie schlotterten wie seinen Untertanen.

›Ihr müßt wissen‹, antwortete das Skelett, ›daß ihr nicht nur um Regen betet, sondern im Grunde eures Herzens noch um etwas anderes – und zwar so inbrünstig und beharrlich, daß es euch kaum bewußt ist.‹

›Ach, und worum beten wir?‹ fragte der König, dessen Neugier inzwischen stärker war als die Angst.

›Ganz einfach‹, erwiderte das Skelett. ›Ihr lebt zwar im Luxus – gläserne Aufzüge und Seidenhemden und Weintrauben im Dezember –, doch für diesen vergänglichen Komfort müßt ihr bezahlen: Eure Vision vom Himmel ist zerstört – ihr habt die Fähigkeit verloren, im Geiste Bilder vom Leben nach dem Tod zu sehen. Ihr betet um Regen, doch ihr betet auch um Bilder in euren Köpfen, die euren Glauben an ein Leben nach dem Tod erneuern.‹«

Columbia wirft einen Blick zur Seite; die Kinder sind am Einschlafen.

»Nun ja – der König und seine Untertanen verspotteten das Skelett, denn sie hielten es für verrückt. Sie verloren ihre Angst, schickten es aus der Stadt und fingen wieder an, gemeinsam um Regen zu beten.

Doch kurz nachdem das Skelett fort war, bebte die Erde, und die Brücken erzitterten und brachen, und die Straßen der Stadt stürzten ein, und die gläsernen Aufzüge zersprangen, und die unermüdlichen Pferde der Stadt konnten nicht mehr laufen, und es gab eine große Welle der Zerstörung.

Das Skelett kehrte in die Märchenstadt zurück und sagte zu dem König und den Bürgern, die wieder vor ihm standen: ›Ich bin das Skelett, das in jedem einzelnen von euch steckt. Ich bin das Skelett unter euren Lippen, euren Augäpfeln, eurem Fleisch – das Skelett, das schweigend sowohl euer Herz als auch euer Hirn in sich trägt. Und ich sage euch noch einmal: Ihr lebt in vergänglichem Luxus, doch für diesen materiellen Komfort zahlt ihr mit eurer Vision vom Himmel – ihr könnt im Geiste keine Bilder vom Leben nach dem Tod mehr sehen. Ihr betet um Regen, doch insgeheim betet ihr um Bilder in eurem Kopf, die euren Glauben an ein Leben nach dem Tod erneuern.‹«

Luke fragt, ob die Einwohner böse gewesen seien, doch Columbia verneint. Sie hätten wirklich versucht, ihr Bestes zu tun, aber sie konnten nur an das glauben, was sie mit eigenen Augen sahen. Sie sagt: »Nun ja, auch diesmal verspotteten der König

und seine Bürger das Skelett und vertrieben es aus der Stadt. Sie beteten weiter um Regen und vergaßen schnell wieder, was das Skelett gesagt hatte. Kurz darauf brauste eine Feuersbrunst durch die ausgetrocknete Stadt und verbrannte die Häuser der Reichen und die Häuser der Guten und die Häuser der Gerechten. Viel Schönes ging dabei verloren, und wieder waren die Stadtbewohner sehr traurig.

Und *wiederum* kam das Skelett in die Märchenstadt und sprach zu den Einwohnern: ›Versteht ihr denn *immer* noch nicht? Ihr lebt in vergänglichem Luxus, doch ihr zahlt dafür mit eurer Vision vom Himmel. Ihr könnt euch keine Vorstellung mehr vom Leben nach dem Tod machen. Ihr betet um Regen, doch gleichzeitig betet ihr um Bilder in eurem Kopf, die euren Glauben an ein Leben nach dem Tod erneuern.‹

Und tatsächlich, wieder trieben der König und die Bewohner der Märchenstadt das Skelett aus dem verbrannten Stadttor und beteten weiter um Regen, denn sie wollten die Worte des Skeletts nicht wahrhaben. Und kurz danach kam eine weitere Heimsuchung über die Stadt – die Künstler, die die niedergebrannten Häuser und eingestürzten Straßen und Brücken der Stadt wieder aufbauen sollten, wurden krank und starben. Die Quelle, aus der die Schönheit und die Großartigkeit der Stadt entsprang, war für immer versiegt. Und da weinten der König und die Bürger bitterlich und sagten: ›Genug! Genug! Wir verlieren unsere Seele – machtlos müssen wir zusehen, wie etwas allzu Kostbares und Unersetzliches stirbt.‹

Und als das Skelett zum letzten Mal in die Stadt zurückkehrte, sagte der König zu ihm: ›Oh Skelett, wir hatten unrecht, nicht auf deine weisen Worte zu hören. Wir flehen dich an, Skelett – unser Leid ist inzwischen so groß, daß wir es nicht mehr ertragen können. Wir verlieren unsere Seele. Jetzt begreifen wir, daß der Luxus unserer Stadt uns dazu gebracht hat, den Tod und das Leben danach zu vergessen. Insgeheim haben wir darum gebetet, daß diese Bilder uns erscheinen, um uns an das Jenseits zu erinnern. Aber *bitte* sag uns jetzt, was wir wissen müssen, damit wir nicht noch mehr sinnloses Sterben und sinnlose Zerstörung erdulden müssen.‹

Und *da* lächelte das Skelett sein Skelettlächeln aus Zähnen und Kalk und Knochen und sagte: ›König, du hast um Regen gebetet, doch tief im Herzen hast du auch um etwas gebetet, das dich mitten in deinem Luxus an den Tod erinnert, der uns alle erwartet. Akzeptiere die Tatsache, daß wir tot sind, auch wenn wir leben, und all deine anderen Bitten werden erfüllt.‹

›Danke‹, sagte der König. ›Ich bin tot, auch wenn ich lebe.‹

Und damit hob das Skelett seine Knochen gen Himmel, und ein Blitz fuhr hernieder, und eine Regenflut ergoß sich auf die Märchenstadt – auf ihre Türme und Brücken und Straßen und Pferde und gläsernen Aufzüge, und ihre Bewohner fielen im Regen inmitten all ihren glitzernden Überflusses auf die Knie und dankten dem Skelett für seine Großzügigkeit, und dann tanzten sie zu Ehren all dessen, was in dieser Welt gut ist, und all dessen, was in der nächsten Welt gut ist.«

Columbia betrachtet in der kühlen Dunkelheit des Wagens ihre schlafenden Kinder. Dies sind ihre Kinder, die Enkelkinder ihrer Hippie-Mutter.

Plötzlich fühlt Columbia sich alt, oder sie hat vielmehr das Gefühl, sie habe den Punkt erreicht, von dem an sie sich nie mehr als jung betrachten kann. Sie hat das Gefühl, sie sei eine Leitung gewesen, durch die etwas geflossen ist, das älter und größer ist als sie selbst – ihre Mutter vielleicht, oder die Ideen aus der Zeit ihrer Mutter.

Vor Jahren hat Columbia Melissa, ihre Mutter, einmal gefragt, wie die Sixties waren. Sie wollte unbedingt wissen, was für ein Lebens*gefühl* damals herrschte. Melissa, die gerade Koriandersamen in die mit Erde gefüllten Ausbuchtungen eines Eierkartons setzte, lächelte versonnen, schaute aus dem Buntglasfenster und sagte: »Schatz, ich würde es dir wirklich gern erzählen, aber das ist wie mit einem Freund, den man sehr geliebt hat und der an einer schrecklichen Krankheit gestorben ist. Man findet im Leben zwar neue Freunde, doch die neuen Freunde werden nie wissen, wie dein alter, toter Freund wirklich war, denn wie sehr man auch versucht, diesen toten Freund zu beschreiben – die neuen Freunde haben die alten eben nicht gekannt, als diese noch am Leben waren. Man muß einfach dabeigewesen sein.«

Trotz dieser nebulösen Antwort konnte Melissa nicht umhin, Columbia mit zahllosen Geschichten aus dieser längst vergangenen Ära zu ergötzen: Geschichten von Gärten und Pferden und Mondlicht und Tränengas und Bärten und Elektrizität. Und aus diesen Geschichten weiß Columbia, daß im Herzen des Sixties-Traums ein Kern Wahrheit steckt, eine Bazille, die sich zu sterben weigert, eine Essenz von Reinheit und Liebe, die sich leicht mißbrauchen läßt – und ständig mißbraucht wird –, ohne die Columbia ihr Leben jedoch nicht in Frieden leben könnte.

Sie schaut zum Coliseum hinüber. Jetzt muß Ezekiel jeden Augenblick herauskommen, zur Heimfahrt bereit. Heute abend werden sie auf dem Parkplatz schlafen, beschließt sie. Morgen *früh* werden sie dann nach Hause fahren.

Das Konzert ist jedenfalls vorbei. Columbias Gesicht, schwach von den Natriumdampflampen des Coliseum-Parkplatzes erleuchtet, ist von draußen durch die regenbeperlten Fenster des Vans kaum zu sehen. Es weicht in die Tiefen des Fahrzeugs zurück, als versinke es in einem tiefen, dunklen Teich. Jetzt sieht man von draußen nur noch Wasser, das vom Dach auf das dunkle Glas tröpfelt. Wasser, Wasser fließt unaufhörlich und erquickend überall – es läuft den Highway-24-Tunnel oben am Berg entlang, es ergießt sich von der Weihnachtsbeleuchtung, die die atombetriebenen Flugzeugträger im Hafen bekränzt, durch die Zweige von Eukalyptusbäumen, die das Feuer überlebt haben – kalt und klar, als wolle es niemals aufhören, läuft es alle Oberflächen hinab – an den oxidierenden geschmolzenen Gebrauchsgütern in den Oakland Hills entlang, in die Ställe, in denen Tiere den Sturm verschlafen, durch offengelassene Fenster in der Stadt – Wasser, Wasser trommelt auf das Dach eines Vans auf einem Parkplatz, des Vans, in dem Columbias Kinder von einem tanzenden Skelett träumen. Dem Skelett, das in mir tanzt. Dem Skelett, das in dir tanzt.

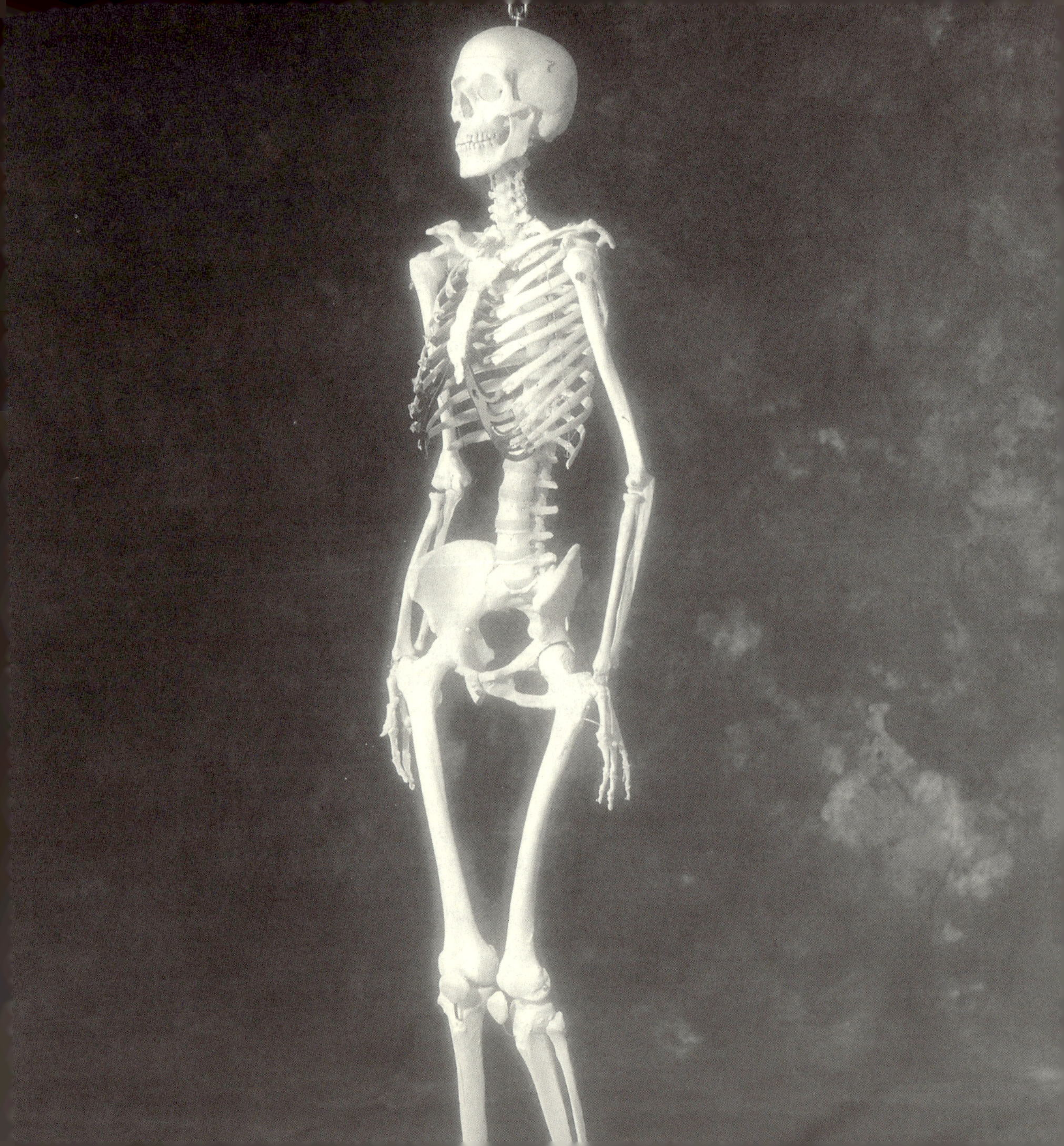

Teil zwei

PORTRÄTS VON MENSCHEN UND ORTEN

11

Lions Gate Bridge, Vancouver, B.C., Kanada

Vielleicht gibt es in deiner Stadt ein mächtiges, großartiges Bauwerk, das dein Denken derart bestimmt, daß es zu seiner *Architektur* wird – ein Bauwerk, durch das all deine Träume und Vorstellungen und Hoffnungen geschleust werden.

In meiner Stadt, Vancouver, gibt es so ein Bauwerk, eine märchenhafte Brücke namens Lions Gate Bridge. Ihre drei filigranen Hängebögen verbinden die Stadt Vancouver mit den Vororten am North Shore, wo ich aufgewachsen bin, und mit den Bergen und der Wildnis British Columbias dahinter.

Die einzige andere Zufahrtsstraße zum North Shore ist die zweckdienliche, aber leider eher unattraktive Second Narrows Bridge fünf Meilen weiter unten am Hafen: eine sechsspurige Vorrichtung zur Menschenbeförderung, über die sich mehr kaum sagen läßt, ohne ausfallend zu werden.

Die Lions Gate Bridge ist keineswegs eine praktische Brücke – sie sieht aus, als sei sie aus flüssigem Zucker gesponnen, und leider löst sie sich jetzt anscheinend auch auf wie Zucker. Mit stadtplanerischen und technischen Maßstäben gemessen ist sie beinahe eine Katastrophe, aber gibt es im Leben etwas Verführerischeres als das sterbende Starlet? Den verlorenen Cowboy? Den selbstzerstörerischen Jazzmusiker?

Die Brücke hat drei nervenzerfetzend enge Spuren. Je nach Tageszeit werden den Pendlern auf der Lions Gate entweder ein oder zwei Spuren zugewiesen. Die Daumenregel, die einem das Leben so schwer macht, lautet: Je mehr Verkehr sich auf deiner Seite bewegt, desto höher ist die Wahrscheinlichkeit, daß dir nur eine Spur zur Verfügung steht.

Doch Schluß mit dem technischen Klimbim. Von den Menschen, die wir lieben, lassen wir uns Gott weiß was gefallen; das gleiche gilt für Objekte, die wir lieben. Ich bin in meinem Leben schätzungsweise fünf- bis sechstausendmal über die Brücke gefahren – das heißt, den ganzen Weg von Vancouver nach Halifax und zurück –, und auf all diesen Meilen bin ich der immer wieder neuen, immer wieder großartigen Aussicht nie müde geworden.

Einige meiner glücklichsten Erinnerungen an Vancouver, oder sogar meines Lebens, sind einfach die an Fahrten über die Lions Gate Bridge. Im Radio läuft auf Mittelwelle »Dreamboat Annie« von Heart, die Schwefelberge von North Vancouver leuchten in ihren trüben gelben Farbtönen, und der Ozean und die Boote und die Berge von West Vancouver schimmern wie das Kleid von Tina Louise.

Vielleicht bin ich auf dem Weg zu meinen Eltern, oder vielleicht fahre ich zum Flughafen – die Existenz der Brücke allein ist schon eine Metapher fürs Reisen.

Wie die meisten Leute, die regelmäßig über die Lions Gate Bridge fahren, habe ich eine ganz persönliche kleine Sammlung von Ansichten und Beobachtungen zum Thema Brücke. Ich werde zum Beispiel wütend, wenn ich einen Fahrer sehe, der so unhöflich ist, sich nicht im Reißverschlußsystem auf die Auffahrt zum Nordende einzufädeln, mittels dessen sich die vier Spuren widerwillig, aber mit Anstand zu einer flechten.

Außerdem ist mir aufgefallen, daß die meisten Leute, kaum daß sie vom Nordende aus auf die Brücke gefahren sind, ihr Autoradio anstellen. Ich habe keine Theorie dafür, warum sie das tun, aber sie strecken wirklich sofort die Hand nach dem Regler aus.

Noch eine Beobachtung: Sobald der Verkehr in Richtung Innenstadt den ersten Brückenabschnitt erreicht hat, bewegt er sich plötzlich auf geheimnisvolle Weise nur noch im Kriechtempo vorwärts. Kurz darauf nimmt er wieder seine normale Geschwindigkeit auf. Ich schätze, das liegt an den Leuten, die nicht aus Vancouver stammen. Wenn die plötzlich mitten auf der Brücke der Schönheit gewahr werden, die sie umgibt – die wie Quarz schimmernde Stadt im Süden; die Frachter unter ihnen, schwer beladen mit Weizen und Erz; die Kreuzfahrtschiffe, die in der Ferne dahinstampfen; und der elegante Schwung der Brücke über ihnen –, sind die Leute von außerhalb einfach überwältigt. Und als Reaktion treten sie auf die Bremse.

Auf eine seltsame Art und Weise macht mich das stolz auf meine Stadt – stolz, hier zu leben. Über diese unvermeidliche Verkehrsbehinderung ärgere ich mich nie.

Leuten, die normalerweise nicht über die Lions Gate Bridge fahren, kann es ungeheuer auf die Nerven gehen, wenn sich regelmäßige Brückenbenutzer auf scheinbar kryptische Weise über den Brückenverkehr unterhalten:

»Wie war der Verkehr auf der Brücke?«

»Eine Spur.«

»Stillstand?«

»Jep.«

»Auf der anderen Seite beide Spuren leer?«

»Jep.«

»Muß wohl 'ne Fähre durch die Horseshoe Bay gekommen sein.«

»Zuerst wollte ich die Second Narrows nehmen, aber dann dachte ich, nach sieben Uhr abends wäre die Lions Gate frei.«

»Kommt die Fähre zur geraden oder zur ungeraden Stunde?«

»Ach, und dann ist noch einer liegengeblieben …«

(Hier Gebrüll des Nicht-Brückenfahrers einfügen.)

Eine Brückenerinnerung.

1982 fuhr ich eines Abends nach Mitternacht, als die Kunstschule bereits geschlossen hatte, mit meinem rostigen, alten gelben VW-Rabbit den Stanley-Park-Damm entlang, der in Richtung North Shore auf die Brücke mündet. Plötzlich kam der Verkehr auf meiner Spur zum Erliegen, und der auf den Spuren aus der anderen Richtung blieb völlig aus.

Irgend etwas stimmte nicht.

Ich stellte den Motor aus und ging ein bißchen dichter an die südliche Brückenauffahrt heran, wo ich, ebenso wie die anderen Fahrer, die (mit kleinen Fragezeichen in den Denkblasen über ihren Köpfen) aus ihren Autos stiegen, bald erfuhr, daß sich oben in den Brückenseilen »ein Springer« befand.

Ooohhh …

Ich kehrte wieder zu meinem Wagen zurück, um zu warten, bis das Drama vorbei war. Kurz darauf hörte ich jedoch ein Saxophon, live, nicht im Radio, und ich ging zum Brückenanfang hinunter, wo ein bärtiger Mann im weißen Anzug auf dem Dach eines weißen Cadillac zwischen den beiden Zementlöwen stand, die die Einfahrt bewachen. Er spielte »Stranger on the Shore« – ein Ständchen für den Springer auf der Brücke.

Der Mann mit der Trompete war Frank Baker, ein Restaurantbesitzer aus jener längst vergangenen Zeit, als ein »gutes Essen« noch ein T-Bone-Steak, drei doppelte Scotch und eine Packung Chesterfield bedeutete.

Mr. Baker, der 1991 starb, hatte einmal so ein »duftes« Restaurant in West Vancouver besessen, in das Eltern mit Gästen von außerhalb gingen, aber erst, nachdem sie sich vorher mit Herb-Alpert-Platten auf Touren gebracht hatten.

Für jüngere Leute verkörperte Mr. Baker immer eine bestimmte Art von Coolness. Er war so cool, daß er sogar den Aston Martin DB-5 kaufte, den James Bond in dem Film *Goldfinger* gefahren hatte. Jedenfalls war er ein ziemliches Original, und in der High-School-Zeit jobbten viele meiner Freunde in seinem Restaurant: Sie kellnerten an den Wochenenden, schnippelten Gemüse und halfen bei der Essenszubereitung.

Doch Frank Baker war auch ein guter Musiker, und in jener Nacht auf der Brücke saßen wir im Gras und in den Narzissen am Straßenrand, lauschten seinen Songs und fragten uns wahrscheinlich, ob auch wir jemals im Leben den Punkt erreichen würden, an dem wir uns in den Seilen der Lions Gate Bridge wiederfänden und vor der Frage *ja?* oder *nein?* stünden, wohl wissend, daß uns, selbst wenn die Entscheidung *ja* lauten sollte, eine Wasserlandung noch ein Fünkchen Hoffnung lassen würde.

Noch eine Erinnerung:

Ende 1986 kam ich wieder nach Vancouver zurück, nachdem ich ein Jahr lang im Ausland gelebt hatte. An meinem ersten Abend schaute ich zur Brücke hinunter und sah, daß ihre dünnen parabolischen Linien von strahlenden Lichtperlen gekränzt waren. Ich erschrak – es war so schön, daß mir die Luft wegblieb.

Ich fragte meinen Vater nach diesen Lichtern, und er erzählte mir, sie würden »Gracies Halskette« genannt, nach einer Politikerin aus Vancouver. In den knapp fünf Jahrzehnten, die seit dem Bau der Brücke vergangen waren, hatte die Stadt insgeheim von dem Tag geträumt, an dem sie ihre Brücke in Licht hüllen würde, und jetzt war dieser Traum Wirklichkeit geworden.

Jetzt halte ich jedesmal, wenn ich zurück nach Vancouver fliege, von meinem Sitzplatz Ausschau nach Gracies Halskette. Ich brauche diesen Anblick, um mich wieder zu Hause zu fühlen. Wir, die wir hier in Vancouver leben, vergessen oft, daß wir in der jüngsten Stadt der Erde wohnen, einer Stadt, die fast ausschließlich, ganz und gar aus dem zwanzigsten Jahrhundert stammt – und das ist für Vancouver der größte Segen. Es ist die Zartheit von Gracies Halskette, die mich daran erinnert, daß wir weniger in einer Stadt als in dem Traum von einer Stadt leben.

Nun, ich war an der High-School nicht gerade ein hervorragender Schüler. Es scheint mir, als hätte ich den Großteil dieser Jahre aus Mangel an Stimulation mehr oder weniger im Zustand der Katatonie verbracht. Einen gewissen Ausgleich zu der täglich in der Schule verabreichten Unterdosis Lernen bot der Blick vom Berg hinunter auf die Brücke, die Stadt, den Mount Baker, auf Vancouver Island und die ewigen Kräne, die ständig die Skyline veränderten.

Im Oktober quollen die Nebel herein; die Stadt unter mir wurde zu einer glühenden, dampfenden Fläche weißen Lichts. Golden schimmernd durchbohrte die Lions Gate Bridge dieses Leuchten, als Transportmittel in jenen anderen lichterfüllten Raum.

In der 8., 9., 10. und dem Großteil der 11. Klasse hing ich viele Stunden zusammengesackt über dem Heizkörper des Physikraums und träumte von dem Tag – dem 13. Januar 1978 – zwei Wochen nach meinem sechzehnten Geburtstag, an dem ich meinen Führerschein machen sollte und endlich in die magische, lichtgebadete Stadt fahren konnte.

Kurioserweise fand das Essen zu meinem sechzehnten Geburtstag in Frank Bakers Restaurant statt – vor fast *genau* einem halben Leben. Geburtstagsgeschenk: Salomon-555-Skibindungen und eine Daunenweste. Das Essen: Frank Bakers Büffet – soviel warmes Jell-O, wie man essen konnte. Michelle, Caroline und Michael – erinnern sie sich noch wie ich an diesen albernen, keineswegs erinnerungswürdigen Abend vor so langer Zeit, als wir alle noch jung waren?

Seit kurzem gibt es Überlegungen, die Lions Gate Bridge abzureißen, und das macht mir furchtbar angst. Die Leute sprechen von der Lions Gate Bridge, als sei sie einfach ein Werkzeug, ein Stück Infrastruktur, das mal eben gelöscht, unserer Erinnerung geraubt werden kann, ohne daß jemand über die Folgen nachdenkt, die ihr Verschwinden auf unser Innenleben haben könnte.

Ich glaube, wenn Menschen so reden, haben sie Angst – sie tun etwas, wozu ich, wie ich weiß, selbst neige: Ich versuche das, was ich wirklich fühle, zu verbergen, indem ich das Gegenteil davon sage und tue. Die Brücke ist *nicht* nur ein Werkzeug, kein Stück Infrastruktur, das man einfach so verschwinden lassen kann, und sie wird sich nie aus unserer Erinnerung löschen lassen wie eine unerwünschte Datei.

So geht das nicht weiter. Warum ist es mir bis vor kurzem so schwergefallen, einfach auszusprechen, daß die Brücke von einer zarten Schönheit ist – ein unauslöschlicher Teil meines Lebens und meiner Erinnerungen? Warum fällt es uns allen so schwer, einander laut und deutlich zu sagen, daß die Brücke ein Inbegriff von Eleganz und Charme ist und wir sie nicht sterben lassen dürfen?

Warum bringt uns ein dummer Stolz dazu, etwas, das wir lieben, eher zu zerstören, als zu sagen: »Das bedeutet mir etwas.«?

Ich habe noch gar nicht erzählt, was in der Nacht des Springers geschah.

Nach etwa einer Stunde kam der Springer herunter und wurde sofort von einem heulenden Notarztwagen weggebracht. Frank Baker kletterte vom Dach seines Cadillac herunter, verneigte sich zum Dank für unseren Beifall und fuhr davon.

Ich stieg wieder in meinen alten Rabbit und überquerte die Brücke, doch sie wirkte in jener Nacht anders, als brächte sie mich an einen neueren, anderen Ort.

Stell dir vor, du fährst auf der Lions Gate Bridge gen Norden, und der Himmel ist stahlgrau, und die zuckerbestäubten Berge ragen schwarz in der Ferne auf. Stell dir vor, was hinter diesen Bergen liegt – nämlich nur noch *mehr* Berge – Berge bis zum

Nordpol, Berge bis ans Ende der Welt, Berge, größer als tausend Ichs, Berge, größer als tausend Dus.

Hier endet die Zivilisation; hier endet die Zeit, und hier beginnt die Ewigkeit. Das ist die Lions Gate Bridge: eine letzte große Geste der Schönheit, des Charmes und der Eleganz, bevor wir das Hinterland betreten, bevor die Luft zu scharf und zu kalt zum Atmen wird, bevor wir an jenen Ort kommen, an dem das Leben hart wird, an dem wir zu Tieren werden müssen, um zu überleben.

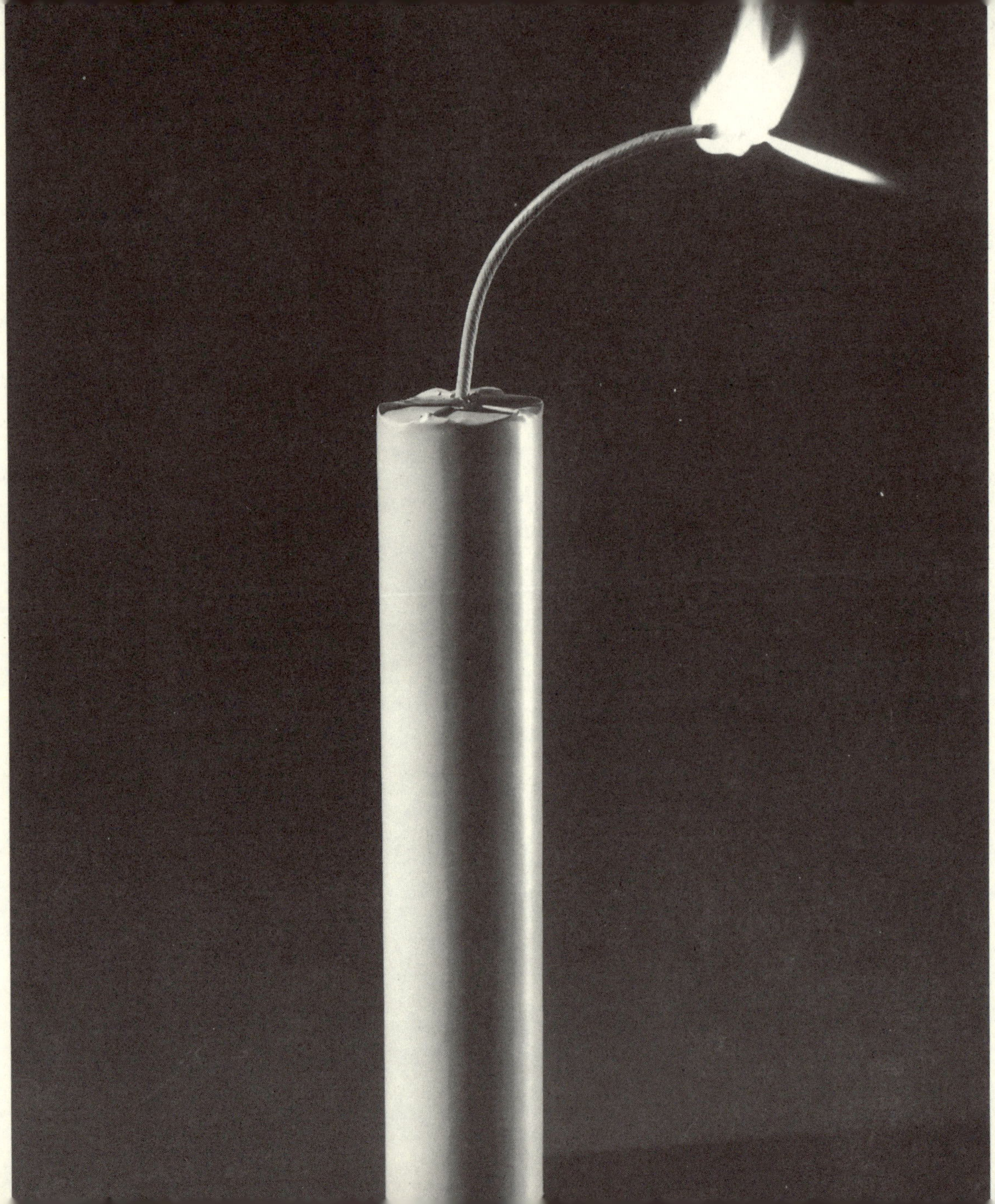

12

Der deutsche Reporter

27. Mai 1994
Heute sollte ein Reporter eines deutschen Magazins ankommen, und mir graute davor.

Während der vergangenen zwei Wochen war ich auf mehreren Reisen in San Francisco, Kopenhagen, Austin und Washington, DC. Mein inneres Zeitgefühl litt noch unter dem Jetlag.

Zu viele Hotels und Flughäfen gaben mir ein Gefühl geographischer Wurzellosigkeit – als käme ich von nirgendwo. Außerdem hatte ich die letzten Tage zu hart gearbeitet. Ich war kaum noch in der Lage, nett zu Fremden zu sein. Von diesem Treffen mit dem deutschen Reporter versprach ich mir nichts.

Der Reporter war siebenunddreißig Stunden lang geflogen, als er in Vancouver ankam (aus Hamburg via Frankfurt via L.A.). Weil sein eigenes Raum- und Zeitgefühl aus diesem Grund ebenfalls stark angeschlagen war, beschloß ich, ihm mehr Sympathie entgegenzubringen als Reportern sonst.

Als wir uns dann in der Lobby des Hyatt trafen, war ich überrascht, wie sehr er mich an mich selbst vor fast zehn Jahren erinnerte – als ich selbst 24 war. Trotz des Jetlags war er offenbar ein angenehmer Mensch – enthusiastisch weltverloren, fragte er zuviel, kam mit dem Voice-Mail-System des Hotels nicht zurecht und trug Sachen, die in zehn Jahren auf Fotos charmant veraltet aussehen werden, einen »Jazzerbart« am Kinn und eine umgedrehte DEG-(Düsseldorfer Eishockey-Gemeinschaft)-Baseballkappe. Ziemlich genau *ich* mit 24.

Ich habe 24 immer als ein verhextes Alter betrachtet. Es war das Jahr, in dem ich das Gefühl verlor, jung zu sein – aber das ist eine andere Geschichte. Es ist immer beruhigend zu sehen, daß andere mit ihren 24 besser umgehen als wir damals. Wir hatten einige Probleme.

Egal, der Himmel war pazifikblau an diesem Donnerstag. Wir stoppten an einem japanischen Nudelimbiß in der Robson Street auf eine Portion Curryreis, und ich entschloß mich, ein wenig plötzlich, in dem deutschen Reporter so etwas wie einen dickensschen Geist meiner eigenen Vergangenheit zu sehen, der mir aus unbekannten Gründen in meinem momentanen Stadium der Müdigkeit einen Besuch abstattete.

So entschlossen, fühlte ich mich verpflichtet, diesem Besucher meine Welt zu zeigen, etwas, das ich normalerweise niemals tun würde. Ich hoffte, daß dieser deutsche Reporter mir vielleicht helfen könnte, meine verwirrte Wahrnehmung für Raum und Zeit wieder ins rechte Lot zu rücken. Wenn ich ihm damit ebenfalls helfen könnte, vierundzwanzig zu sein, schön. Ich sagte ihm davon aber nichts.

Oh – wenn ich an die Dinge denke, die wir hätten wissen sollen, als wir noch jünger waren …

Wir fuhren zum North Shore und wanderten durch den Capilano Canyon, durch die Douglastannen und gelben Zedern und Hemlocktannen – durch den Canyon in dem Berg gleich unterhalb der Siedlung, in der ich aufgewachsen bin. Die Sonne schien hell durch die unteren Blätterbaldachine – vor allem Ahorn –, und unter den größeren Bäumen war es kühl und dunkel und leise, und das Licht war grün.

Wir sahen einen Specht. Der Kopf des Vogels schimmerte rot wie frisches Blut, während er ein Loch in eine tote Hemlocktanne hackte. Wir saßen still auf dem gewundenen Pfad, so lange, bis unsere Herzen ihren Schlag verlangsamten, und wir beobachteten den Vogel. Obwohl er weniger als Spuckweite entfernt war, schien ihn unsere Existenz überhaupt nicht zu interessieren.

Im Fluß unter uns schwammen Elritzen. Angler hofften auf größere Fische. Ein Königsfischer mit blau-weiß gestreifter Haube flog durch den Canyon, umherkreuzend wie ein Toyota, der einen Freeway in Kalifornien entlangschnurrt.

Wir aßen Kirschen und spuckten die Kerne in den Fluß.

Danach besuchten wir den Laichplatz der Lachse – künstlich angelegte Brutkästen, in denen Kisutch, Blaurücken und Ketalachs sich vermehren, sterben und geboren werden.

Ich erzählte dem deutschen Reporter, daß in der Literatur Vögel für Ideen stehen und Fische für Seelen, und daß uns Metaphorik ständig umgibt – und daß alles, was wir tun müssen, ist, stillzuhalten und nachzufragen, bis die richtige Metapher von ganz allein vor unseren Augen erscheint.

Nach der Wanderung durch den Canyon fuhren wir zwei Meilen die Capilano Road entlang zum Grouse Mountain, wo ich in meiner Jugend viel Zeit mit Skilaufen verbracht habe. Wir fuhren mit der Seilbahn bis zur Spitze des Berges; in unserer Gondel befanden sich dreiundvierzig Rentner. Es waren die »Rambling Rovers« aus Coeur d'Alene, Idaho: dreiundvierzig puppenartige kleine Meschen mit weißen Haaren, alle mit Baseball-Jacken aus blauem Rayon bekleidet. Diese alten Menschen

sahen tatsächlich alle *so* gleich aus, daß wir fast Angst bekamen. Der deutsche Reporter und ich dachten darüber nach, ob es auch unsere Bestimmung war, egal, wie stark wir dagegen ankämpfen mochten, am Ende ebenfalls zu einem Rambling Rover zu werden, der auf der Suche nach ewig gültigen Werten in einem Evergreen-Coachline-Bus mit einem Nummernschild aus Oregon durch die Welt reist.

Auf der Spitze des Berges angekommen, charterten wir einen Helikopter und flogen über den Bergen hinter Vancouver herum. Aus dieser Höhe sahen wir schmelzende Wasserreservoirs, unberührte Wälder und Inseln im Pazifik, die aussahen wie Bleimünzen in einem Ozean aus Gold. Und wir sahen die Gletscher und die wilden Flüsse, die sich bis ans Ende der Welt erstreckten.

Danach, in einem Restaurant wie aus einem James-Bond-Film, auf der Spitze des Berges gelegen, unterhielten wir uns über die menschliche Zivilisation und schauten hinunter auf den wolkenlosen, makellosen Vorort, in dem ich meine Jugend verbracht hatte. Ich erzählte dem deutschen Reporter, er habe heute etwas gesehen, das ich immer vermutet hatte, aber erst seit kurzem artikulieren konnte: daß wir uns als Menschen immer am Rande der Wildnis bewegen – daß wir immer zuerst Tiere sind – daß Zivilisation ein Akt politischen Willens ist und kein angeborenes Recht. Und daß man die bürgerliche Ordnung der Mittelklasse schätzen und nicht verspotten sollte, denn ohne sie sind wir verloren und nichts als Tiere.

Die Rentner waren verschwunden, als wir zur Seilbahn zurückkehrten. Statt dessen machte die lokale High-School einen Ausflug. Überall waren Kinder, die sich gegenseitig »Sean!« und »Kelly!« und »Heather!« und »Jamie!« zuschrien. Und ich hatte das Gefühl, als ob die Rambling Rovers auf den Berg gefahren wären, um das Wort Gottes zu hören, und nun ihre zweite Chance zur Jugend bekamen. Ich fühlte mich, als würde etwas wiedergeboren.

Nachdem wir den Berg verlassen hatten, fuhren wir zu einem Cheeseburger-Hangout, in dem ein Mädchen, das ich kannte, früher gearbeitet hat. Ich hatte es seit vielen Jahren nicht gesehen und fragte den Manager des Restaurants, ob er es noch ab und zu treffe. Er sagte ja. Wie sich dann herausstellte, zuletzt vor genau einem Monat. So fragte ich, ob sie glücklich sei, und er antwortete, so diplomatisch wie möglich: *Nicht wirklich.*

Ich war traurig, denn wir möchten, daß die Menschen, die uns etwas bedeuten, ein gewisses Maß an Glück finden, selbst wenn sie aus unserem Leben verschwunden sind. Ich war traurig, weil Unglück ein Zustand ist, über den uns nie etwas beigebracht wird; auf Glück bereitet man uns vor, aber von einem Alternativplan, wenn es nicht eintreffen sollte, sagt man uns nichts.

28. Mai 1994

Auch der nächste Tag war sonnig, und ich holte den deutschen Reporter ab, um einige Besorgungen zu machen. Nachdem wir Briefe eingesteckt und bei Federal Express vorbeigeschaut hatten, tranken wir Kaffee in einer protzigen Bar, wo alle Leute versuchen, MTV-Stars und Models möglichst ähnlich zu sehen.

Der deutsche Reporter fragte mich, was es bedeute, »echt« zu sein, was, wenn man es bedenkt, eine recht außergewöhnliche Frage ist. Jeder in dieser Bar, der seine Erscheinung durch kurze Seitenblicke in die reflektierenden Gemäldeverglasungen überprüfte, hielt sich für »echter« als die anderen Leute, die die gleichen verstohlenen Blicke warfen. Was genau bedeutet *echt*? Bist du echt? Bin ich echt? War dieser deutsche Reporter echt? Wie echt *ist* echt?

Der deutsche Reporter und ich fuhren dann durch Kitsilano am Point Grey entlang nach Spanish Banks, wo gerade Ebbe herrschte. Wir spazierten durch den schlammigen Sand, und weil seine Schuhe – diese lächerlich billardgrünen »französischen Fremdenlegionärsstiefel« – naß wurden, zog er sie aus. Wir sahen uns die Löcher im Watt an, durch die die Muscheln, die hier im Sand vergraben leben, atmen, und es schien uns, als würde der ganze Planet atmen.

Einige Leute in unserer Nähe – vermutlich Touristen – konnten kaum glauben, daß sich das Wasser bei Ebbe so weit zurückzog, daß es fast möglich war, über das Meer zu den Bergen auf der anderen Seite zu marschieren.

Ein Mann aus der Gruppe sagte einen Satz, der mir im Gedächtnis haften blieb: »Hey – laß uns doch zu dem Schiff dort hinübergehen.« Ich glaube, er war kurzzeitig etwas verwirrt bei dem Gedanken, daß das vielleicht wirklich möglich sein könnte.

Danach fuhren wir zu den japanischen Gärten von Nitobe auf dem Gelände der Universität von British Columbia. Ich zog ebenfalls meine Schuhe aus, und wir spazierten durch diese künstlich angelegte Wildnis – eine Art Disneyland des siebzehnten Jahrhunderts, aber immer noch wunderschön.

Wir gingen über die Kiesel und das kühle Moos und die glatten Steine und die Zickzackbrücke, die sich über die blühenden Schwertlilien erstreckte. Die Japaner bauen ihre Brücken in Zickzackform, weil das die bösen Geister, die einem folgen, so sehr verwirrt, daß sie abstürzen. Wir spürten, wie sie fielen.

Zurück im Auto, machten wir uns auf den Weg zu einem Laden für gebrauchte Tapes, Platten und CDs in Kitsano. Ich fand sehr schnell, was *ich* haben wollte: *Alice Cooper's Greatest Hits* und *Koyaanisqatsi* von Philip Glass, und ich setzte mich auf eine Treppe, während der deutsche Reporter herumsuchte. Ich machte einige Notizen über zufällig Gehörtes und Dinge, die wir während des Tages gesehen hatten, die sinnvoller zu sein schienen als andere Dinge. Folgendes schrieb ich in mein kleines Buch:

- *I was walking down the street and suddenly I felt I had lost something, but I didn't know what.* (Der deutsche Reporter sagte dies, als wir irgendwann vorher das Auto verließen.)
- *I was young and not a soul had found my soul.* (Ein Song, der im Plattenladen lief.)
- *Please wait patiently during the silence.* (Eine Stimme vom Anrufbeantworter der Toronto Dominion Bank)

- *I could happily die right now with nothing but today in my eyes.* (Ein Satz von Truman Capote, den ich in der Nacht zuvor gelesen hatte.)

Zum Abendessen besuchten wir Cameron und Wendy, zwei meiner besten Freunde, in ihrem Haus in Shaughnessy. Wir bestellten Pizza und saßen in der Küche, bis es dunkel wurde. Kerzen wurden angezündet, und so gegen elf Uhr begann ihre vier Monate alte Tochter Rachael, mein Patenkind, zu schreien. Wendy brachte sie nach unten, und während Rachaels Gesicht im Kerzenschein glühte, wurde mir klar, wie sehr sie das Produkt der Liebe meiner beiden Freunde war. Zu wissen, daß so eine große Liebe nicht nur möglich ist, sondern wirklich existiert, machte mich sprachlos. Wenn man so etwas spürt, braucht es keine Worte mehr, und deshalb herrschte für eine kurze Weile tiefes Schweigen.

29. Mai 1994

Am nächsten Tag regnete es, und ich war glücklich, weil dies der Normalzustand von Vancouver ist und sich die Stadt nun viel mehr so anfühlte, wie ich es gewohnt war. Der deutsche Reporter und ich schnappten uns die Fähre nach Bowen Island und aßen dort zu Mittag. Danach kehrten wir zum Festland zurück und fuhren den Highway 99 am Howe-Sound-Fjord entlang.

Wir stoppten in Britannia Beach, einer kleinen Stadt an einem Fluß, der regelmäßig alle drei Jahre über die Ufer tritt. Die Leute dort ziehen trotzdem nicht um. Sie reparieren einfach ihre Häuser und verharren am gleichen Platz. Menschen sind seltsam.

Wir parkten das Auto und wanderten eine halbe Meile die Eisenbahnschienen der Pacific Great Western entlang, bis wir zu einem alten Heringsfischerboot kamen. Seit den vierziger Jahren liegt das Boot dort, gestrandet wie ein Wal, majestätisch und traurig. Ich erzählte dem deutschen Reporter, daß dieses Boot ein Symbol für einen würdevollen, herrlichen Tod sei.

Und ich erinnerte mich an den vorgestrigen Tag im Wald, als wir unsere Hände in die Erde zwischen den Wurzeln einer Tanne gruben und die trockene Kühle des Bodens durch unsere Finger rieselte und ich mich dazu entschied, mich lieber begraben als verbrennen zu lassen, weil man der Erde auf diese Art so viel mehr zurückgibt.

Ohne Sarg. Einfach nur begraben.

Im Wald.

Durch den Regenwald gingen wir zurück zu den Eisenbahnschienen. Etwas weiter die Schienen entlang war ein Tunnel, und ich erzählte ihm von meiner Theorie, daß wir Leuten, die in Zügen reisen, instinktiv zuwinken, weil Züge eine Metapher für den Zustand des Lebens sind: unzählige Seelen, zusammen gefangen, durch die Landschaft rasend, mit einem Ziel irgendwo in unsichtbarer Ferne.

Bussen winkt niemand jemals nach.

Ich erzählte ihm, wie ich einmal auf der Reise durch Delaware von einem Metroliner-Zug aus Menschen zuwinkte, die unter der gleichen Brücke mit einem Schnellboot durchfuhren. Das war wie ein One-night stand mit jemandem, in den man sich vielleicht verliebt hätte, wenn genug Zeit gewesen wäre.

Wir spazierten durch den Tunnel, und in seinem Innern, genau in der Mitte, konnten wir nur noch das Surren des Aiwa-Recorders des deutschen Reporters hören. Er schaltete ihn aus, und wir hörten gar nichts mehr.

Und dann verließen wir den Tunnel, gingen ins Licht auf der anderen Seite hinein, und ich sagte, daß Sterben vielleicht so sein könnte: Als wir zum Tunnel zurückblickten, sah es durch seine Krümmung so aus, als sei der Weg zurück viel kürzer als der Hinweg.

Auf dem Rückweg fanden wir eine Stange Dynamit neben den Bahngleisen, eine rote M-2000, wie sie von den Eisenbahngesellschaften gern zum Sprengen von Granit verwendet wird. Sie sah aus wie ein Stück Cartoon-Dynamit aus einer *Itchy and*

Scratchy-Folge. Wir wollten sie aufheben, aber dann fiel mir ein, daß das Nitroglyzerin darin vielleicht explodieren könnte. Daher taten wir etwas total Blödes: Wir versuchten, es zum Explodieren zu bringen, indem wir Steine darauf warfen. Nichts passierte – und weil Dynamit nicht gerade zu den Dingen gehört, die man auf Transatlantikflügen im Gepäck mitnehmen darf, ließen wir es einfach dort liegen.

Aber falls wir je eine Stange Dynamit brauchen sollten, wissen wir, wo eine zu finden ist. Es ist nicht schlecht, so etwas zu wissen.

Und dann wurden wir beide sehr schläfrig, und wir fuhren nach Squamish, einem kleinen Provinznest, setzten uns in einen Coffee-Shop und beobachteten die vorbeifahrenden Pick-up-Trucks. Nach einer Stunde fuhren wir zurück nach Vancouver und hielten bei meinem Apartment, weil ich den Anrufbeantworter abhören und mich umziehen wollte. Ich schenkte dem deutschen Reporter ein altes weißes T-Shirt als Souvenir und bat ihn, es anzuziehen. Dann malte ich darauf mit einem dicken, wasserfesten Sharpie-Filzstift den korrigierten Wortlaut des Truman-Capote-Zitats, das ich vorher falsch in mein Notizbuch geschrieben hatte:

As for me
I could leave the world
with today
in my eyes.
–t.c.

Später aßen wir mit meinem Freund Jamie zu Abend, einem der intelligentesten Menschen, die ich kenne. Wir diskutierten den Gedanken des »Echtseins« mit ihm und im weiteren die Zustände »Hyper-Echtsein« und »posthuman«. Ich glaube nicht, daß wir eine endgültige Antwort gefunden haben, aber es ist wichtig, Leute zu kennen, die sich über solche Dinge Gedanken machen.

Um 23.30 Uhr brachte ich den deutschen Reporter zurück zum Hyatt. Er mußte um 4.30 Uhr wach sein, um rechtzeitig am Flughafen zu sein. Freundlich dankte er mir für die Zeit, die ich ihm geopfert hatte, doch ich dankte lieber *ihm.*

Tage.

Wir verlieren unsere Tage – und unsere Fähigkeit, sie uns wieder zurückzuholen – und doch gibt es Tage, die nie verlorengehen sollten.

Ich ließ den deutschen Reporter, diesen Geist meines jüngeren Ich, auf der Türschwelle des Hyatt zurück, wahrscheinlich für immer. Mein Zeitempfinden war, wenn schon nicht geheilt, so doch versöhnt. Ich weiß nicht, wie es ihm ging.

Es war Ballnacht in Vancouver, und der Eingangsbereich des Hotels war ein Meer von Limousinen und High-School-Absolventen: Kinder – Babys eigentlich noch – in ihren schönsten Ballkleidern und Smokings, alle von ihnen strahlend in der Erwartung, heute die Nacht ihres Lebens zu erleben, die Nacht, die sie mit ins Grab nehmen würden.

Der deutsche Reporter und ich waren unsichtbar für diese Teenager, denn wir gehörten nicht zu ihrem Universum extremer Jugend. Und ich erinnerte mich an meinen eigenen Abschlußball – meinen Peter-Frampton-Haarschnitt, meinen hellblauen Smoking und die Wagen, die mich damals durch die Nacht geleiteten.

Oh, wie *sehr* ich wünschte, diese Kinder hätten die Worte lesen können, die ich dem deutschen Reporter mit dem Filzstift auf die Brust geschrieben habe – diese Worte, die für immer hinter dem Superman-S stehen – diese Worte, die ich in unlöschbarer Tinte geschrieben hatte, die durch den alten Baumwollstoff des T-Shirts sickerte, durch seine ausländische Haut und direkt in seinen Blutkreislauf – und, so hoffte ich, in das Herz dieses Geistes meines früheren Ich.

Übersetzung: Marc Fischer

OMSK
ALMA-ATA
TASCHKENT
KRASNOJARSK
NOWOSIBIRSK
IRKUTSK
JAKUTSK
WLADIWOSTOK
CHABAROWSK
12
13
14
15
HANOI
BANGKOK
PEKING
SHANGHAI
PHJÖNGJANG
TOKIO
RANGUN
SYDNEY
CANBERRA
MELBOURNE

13

Postkarte aus dem ehemaligen Ostberlin

(CIRCUS ENVY)

Berlin, Montag, 3. Oktober 1994, fünf Jahre, nachdem die Sache mit der Mauer passiert ist. Einkaufen ist ein Witz; Konsumieren bringt's nicht. Das Warenangebot ist fünf Jahre danach immer noch trist. Und die Mauer-Landschaft – einst überwältigend tragisch und melancholisch – ist jetzt überwältigend paradox und durchgeknallt und ganz einfach traurig. Aber das ist ja wohl nichts Neues.

Am 3. Oktober findet am Brandenburger Tor ein kostenloses Elton-John-Konzert statt. Außerdem werden die Gypsy Kings, Paul Young und die Leningrad Cowboys auftreten. Die Karl-Marx-Allee ist mit Plakaten für Barry Manilow und Rudolf Scharping, den Kandidaten der liberalen SPD, übersät.

Wortlose Helmut-Kohl-Plakate präsentieren einen strahlenden Kohl als Weihnachtsmann ohne Bart, flankiert von lächelnden jungen Menschen. Ein Berliner

Künstler hat UNITED-COLORS-OF-BENETTON-Aufkleber auf die Kohl-Plakate gepappt, ohne daß die Aussage dadurch gebrochen oder merklich verändert wird.

Am Samstag nachmittag vor dem 3. Oktober war ich in einem MusicCity-Laden am Alexanderplatz, einem einstigen ideologischen Prunkstück, wo Auswüchse des sozialistischen Modernismus darum wetteifern, welcher am schlimmsten danebengeraten ist, wo Skulpturen von beinahe unbeschreiblicher Trostlosigkeit eine schmerzliche Sehnsucht nach der launigen Unernsthaftigkeit eines Richard Serra oder Donald Judd wecken. Einigermaßen höflich fragte ich einen Verkäufer: *»Guten Tag, haben Sie das neue R.E.M.-Album?«* und wurde schroff mit einem gelangweilten, verächtlichen *»Nein«* abgespeist.

O*kayyyyyy.*

Allerdings stand neben diesem Verkäufer ein ganzer Stapel des gerade erwähnten R.E.M.-Albums. Also entgegnete ich dem Gentleman: *»Hmmm, tja, wenn das so ist, nehme ich eben eins von* denen.«

Mit einer Geste, in der sich Abscheu, Überdruß, Ekel und Herablassung mischten, schleuderte der Verkäufer das Album auf den Tresen und verschränkte dann auf lustlose, lässige Weise herausfordernd die Arme vor der Brust.

Ich reichte ihm meine VISA-Card, was mit einem vernichtenden *»VISA? … Nein«* quittiert wurde.

Bargeld ging über den Tisch, und dann wurden mir das Album *Monster* und eine äußerst armselige Plastiktüte vor die Nase geknallt. Das Einzelhandelskonzept könnte in der Ex-DDR fünf Jahre danach noch immer eine winzige Prise Total-Quality-Management vertragen.

Als ich diesen Vorfall Westberliner Freunden erzähle, verdrehen sie die Augen und sagen *»DDR.«* Als Adjektiv zur Beschreibung von Dienstleistungen steht »DDR« für eine Mischung aus *Fawlty Towers* und Stalinismus.

Eine Meile weiter westlich, an der Ecke Unter den Linden, beginnt der Wiederaufbau der Friedrichstraße – eine tote Vorzeigegegend, die mal wieder in eine neuere Vorzeigegegend für ein neues Regime verwandelt wird: sechs Häuserblocks, die mit unzähligen Milliarden von Deutschmark um- oder neugebaut werden. Schilder kündigen EIN LUXUSHOTEL an; der französische Architektur-Superstar Jean Nouvel hat ein neues Galeries-Lafayette-Kaufhaus entworfen, das fast fertig und am unteren Ende mit dottergelben, marineblauen und auberginefarbenen Streifen gesäumt ist.

Auf einem Kontinent, der der Schaffung neuer Skylines bestenfalls zaudernd gegenübersteht, sind die dünnen, eßstäbchenartigen Umrisse der Baukräne über der Friedrichstraße alles, was es dort zumindest in diesem Jahrzehnt an Skyline geben wird. Es ist eine postnationale Architekturlandschaft, die einen lebhaften Kontrast zu dem bildet, was sich vorher in dieser Gegend abgespielt hat. Durch die Straßen dröhnt das Rasenmäherröhren der Trabants und Wartburgs und das Schrammeln der Toyota Supras in South-Beach-Blaugrün, eins lauter als das andere.

In diesem Epizentrum der Paradoxe kollidieren Zeit und Technologie alle paar Meter mit der gleichen Wucht wie in Havanna. Ganz in der Nähe, Unter den Linden, werfen ehemalige Stasi-Leute der ehemaligen Stasi-Disco, jetzt ein T.G.I. Fridays und Radisson Plaza Hotel, aus ihren in Korea gebauten Taxis sehnsüchtige Blicke zu. Es drängt sich die Vorstellung auf, wie gewissenhafte Radisson-Manager aus dem Mittelwesten das Hotel renovierten und dabei spinnwebenbehangene sowjetische Beta-Videokameras hinter spinnwebenbehangenen Schlafzimmerspiegeln entdeckten. Der nahegelegene Palast der Republik, in dem Erich Honecker seinem Privatvergnügen nachging – das Gebäude sieht aus wie ein abgelehnter Architekturwettbewerbsbeitrag für eine Lyndon-B.-Johnson-Bibliothek –, ist wegen Asbestverseuchung gesperrt und wird in Berlin *»das Asbesthaus«* genannt.

In der neuerbauten Friedrichstraßen-Landschaft herrscht infrastrukturelle Pornographie. Überirdische Wasserleitungen durchbohren die Landschaft wie die Mad-Mouse-Achterbahn in einem Fun-World-Vergnügungspark; Silikonharzpfützen tropfen in den sandigen preußischen Boden wie Tausende von einem Lastwagen gefallene Brustimplantate.

Eine Apple-Computerschule ragt über Arbeitern in orange-blauen Overalls empor, die I-Träger zusammenschweißen und tote sozialistische Architektur mit grünen Netzschleiern, die aussehen wie die Schals um Grace Kellys Hals, einwickeln wie mit Frischhaltefolie. Furukawa-Bagger graben Erdhaufen von unterschiedlicher historischer Molarität aus. Gaskartuschen und Kabelrollen liegen haufenweise herum; an der Französischen Straße läuft man über schwarze Telekomkabel hinweg, die sich in die Erde hinabwinden. Stapel von margarineglatten Kalksandsteinen stehen wie Joseph-Beuys-Skulpturen neben sechseckigen, mit totem, rostigem Schrott und sandigem, vor Asbest strotzendem Ostblockzement gefüllten Müllcontainern. Fertigbau-Fensterteile werden von Kränen, die Namen wie Liebherr tragen, in die Luft gehievt. Kalkspritzer beflecken frischen schwarzen Asphalt. Dixi-Chemietoiletten stehen herum, und hier und dort riecht es nach Kloake. Preßlufthämmer dringen durch planwirtschaftliche Architektur; Polyurethanschaum quillt unter Holzplanken über der U-Bahn hervor.

Wieder im Hotel hörte ich mir wie jeder gute Popmusikfan einige Dutzend Mal meine neue Platte an und las dabei die Liner-Notes, in diesem Fall ein 48-Seiten-Extra-Booklet. Mein Lieblingssong auf dem Tape heißt »Circus Envy«, ein echter Heuler mit Geheimagenten-Flair, in dem es um Neid geht – ein Ungeheuer, dessen Symbol der kopflose Bär auf dem Cover des Booklets ist. Der Titelsong enthält die Zeile: *»Here comes that awful feeling again«*, die mir für den Rest meines Berlin-Aufenthalts nicht mehr aus dem Kopf geht. Schuld daran ist unter anderem das Bärenjunge, das das Stadtwappen von Berlin ziert.

Die Einwohner des ehemaligen Ostberlin mußten von 1945 gleich nach 1995 springen. Sie hatten keine 60er, 70er, 80er, nicht einmal 90er Jahre. Sie wollen das haben, was der Westen hat, und sie glauben, daß sie sich langsam, widerstrebend und unweigerlich jeden Tag ein bißchen mehr mit dem Westen vereinigen. Chlorgebleichte Jeanskleidung steht für Leute, die alles zu sehr überstürzen, und ist bis zu ihrem Revival, das zweifelsohne bereits in etwa zehn Minuten stattfinden wird, von der Bildfläche verbannt worden.

Doch es gibt im Osten keine Sprache, die der Deutschen Interhotel GmbH in der Friedrichstraße einen Sinn verleiht, den Minibars, den Rauchverboten, den Babygemüsen oder der filmstudiohaften Politik. Die Menschen im Osten glauben, sie gehörten jetzt zum Westen, dabei gehören sie in Wirklichkeit zur Ära des Transnationalen. Es ist ein Fehler, die amoralischen Kräfte des Transnationalismus mit dem Westen zu verwechseln. Im Westen spielt schließlich nicht der prompte Kapitaltransfer von einem Knotenpunkt zum anderen die Hauptrolle.

Die Ossis, die ehemaligen Ostdeutschen, begrüßen Wessis regelmäßig mit: »Hallo, *ich bin ganz durcheinander.*« Die Ossis wissen, daß sie in der Krise stecken, doch erklär ihnen einmal, daß es dem Westen ebenso geht. Seine Krise ist nur sublimerer Art, denn die Wessis sind bereits vertraut mit einer Welt des Verlangens, deren Grundlage allein der Konsum bildet – und sie wissen, wie hohl diese Welt in ihrem Kern ist.

Die Ossis wollen das haben, was die Wessis haben – soviel steht fest. Aber versuch mal, den Ossis zu erzählen, daß das, wonach sie jetzt zu verlangen glauben, völlig bedeutungslos ist, und sie werden dir vorwerfen, daß du ihnen aus purer Boshaftigkeit die Freuden des Konsums nicht gönnst. Versuch mal, den Menschen zu sagen, daß sie das, was sie wirklich zu wollen glauben, nicht bekommen können – das geht einfach nicht.

Eine wichtige politische Frage, mit der sich Deutschland, wenn nicht gar der gesamte Westen, derzeit konfrontiert sieht, lautet: Was können wir jetzt begehren, wo Dinge, Gegenstände – *Sachen* – uns enttäuscht haben? Jetzt geht es darum, neue, langlebige, handfeste Modelle des Begehrens zu entwerfen. Sogar den Ostdeutschen macht es angst, daß die Chinesen ein Volksauto bauen – ein aktuelles Ereignis, das wie kein anderes auf den Punkt bringt, wie unhaltbar der Traum von der Marktwirtschaft ist.

Geht der Geist Konrad Adenauers, des Wiederaufbaus nach dem Zweiten Weltkrieg, in dieser Friedrichstraßen-Landschaft spazieren – einer Landschaft, die eher an Orange County erinnert als an Friedrich den Großen? Hat sich der Wappenbär Berlins in den Bären der Republik Kalifornien verwandelt?

Nein, Konrad Adenauer würde hier nicht spazierengehen. Ein Geist, der hier Mäuschen spielt, müßte der von jemand Transnationalem sein, jemand noch nicht Definiertem – ein Ungeheuer, dessen ästhetisches Ideal nichts anderes ist als absoluter Funktionalismus. Ein Geschöpf des Fassadismus, des prompten Währungstransfers um die ganze Welt – ein Geschöpf, das der Kultur feindlich gesinnt ist und uns Zugang zur Sphäre des Surrealismus gewährt, ohne jedoch das dazugehörige Unterbewußtsein mitzuliefern. Ein kopfloser Bär des Neides, der durch das Brandenburger Tor trabt und nicht weiß, was er will – nur, daß er mehr will.

Here comes that awful feeling again.

14

Brief an Kurt Cobain

[Was hast du auf deinem PowerBook? Das folgende Stück wurde bis auf die beiden letzten Absätze Anfang März 1994 geschrieben, als Kurt Cobain ins American Hospital in Rom eingeliefert worden war. Der kurze Zusatz am Schluß kam im April hinzu, als bekannt wurde, daß man bei seinem Haus in Bellevue, Washington, seine Leiche gefunden hatte.]

Freitag, 8. April 1994

Lieber Kurt,
ich war am 4. März 1994 in Seattle, als ich davon hörte – daß du in Rom warst – daß du zuviel Champagner getrunken, zuviel Beruhigungsmittel (Rohypnol) genommen – die Grippe hattest. Wie auch immer. Du lagst im Koma. Ich habe 1984 eine Zeitlang in Italien gelebt, und ich weiß noch, daß die Apotheker dort so freigiebig

mit Beruhigungsmitteln umgehen, als wären es Pez. Die Geschichte klang also glaubwürdig.

Von den Vertretern der Plattenfirma David Geffens hörte man immer wieder die gleiche Geschichte – Halbneuigkeiten: *Kurt hat die Augen geöffnet – Kurt hat mit einem Händedruck reagiert, als er mit seinem Namen angesprochen wurde.* Doch niemand in Seattle hatte den Eindruck, daß sie wirklich etwas Neues wußten. Entweder man liegt im Koma, oder man liegt *nicht* im Koma.

Falsche Gerüchte und Halbwahrheiten machten in der Stadt die Runde. Am Ende war es immer das gleiche: *Nein, Kurt liegt immer noch im Koma ... glauben wir.* Reuters gab zu, frühere Meldungen, du seist aus dem Koma erwacht, seien falsch gewesen.

Unsere erste Reaktion war, einen Witz darüber zu reißen, aber das konnten wir dann schließlich doch nicht. In unserem Innern steckt eine Langspielplatte, und einen Witz über dich zu machen wäre so gewesen, als hätte man mit der Nadel über diese Platte gekratzt. So warfen wir die Ironie über Bord. Wir rissen zwar Witze über Plattenfirmen und italienische Krankenwagen und Krankenhausessen, doch niemals über *dich.* Der Radiosender spielte immer wieder deine Songs, immer mit der gleichen Meldung – *nichts Neues.*

Etwa um 15.00 Uhr mußte ich von der Innenstadt aus auf der Interstate 5 nach Kent fahren, am KingDome vorbei, wo ich 1970 einmal Paul McCartney and the Wings gesehen habe. Und genau in dem Moment lief im Radio dein Song »Dumb«, und ich sah einen Haufen Kirschbäume, die von dem verfrühten Frühling zum Blühen überlistet worden waren, und ich begann zu weinen.

Seit Wochen hatte es in Seattle geregnet.

Der Tag, an dem du ins Koma fielst, war der erste, an dem der Himmel überhaupt einen Gedanken daran verschwendete, aufzuklaren. Es war so ein unentschiedener Tag. Sturmwolken hingen über der Elliot Bay und dem Lake Washington, aber gleichzeitig war es über dem Boeing-Gelände und im Süden in Richtung

Tacoma sonnig – zumindest halbwegs. Der Himmel über Seattle wurde an diesem Tag zum Herzen der Stadt – es war, als versuchte er sich zu entscheiden, ob er die Sonne scheinen lassen oder es einfach vergessen sollte.

In Kent fuhr ich an einem gescheiterten Hotelprojekt vorbei, und die Teerpappe hatte sich von seinen Wänden abgelöst wie die Umhüllung von einer Mumie und flatterte im Wind, als sei das Hotel mit Bandagen eingewickelt; es hatte keine Fenster. Mitten auf einem umgepflügten Acker sah ich einen blühenden Rhododendron. Rosa.

Im Radio gab es immer noch nichts Neues. An der Interstate 5 raschelten die Erdbeerbäume im Wind, und die Unterseite ihrer Blätter – die Seite, die den Sauerstoff aufnimmt – leuchtete salbeifarben vor der Böschung des Freeways. Und ich mußte daran denken, wie ich von Vancouver nach Seattle fuhr, als ich noch jünger war – die beeindruckendste Erinnerung an diese Stadt war die an einen halbfertigen Freeway, der ins Nichts führte.

Und ich dachte über die Felder nach, die ich eben gesehen hatte. Sie waren gerade im Begriff, grün zu werden, und sie erinnerten mich an Ängste, die ich hatte, als ich jünger war – Ängste, daß die Natur vielleicht eines Tages einfach nicht aufwachen würde. Sie würde die Augen aufschlagen, wieder einschlafen und nie wieder zurückkehren.

Ich fuhr zum Universitätsviertel, wo die Studenten in einer Art Dämmerzustand herumliefen. Der Typ an der Kasse des Plattenladens wußte überhaupt nichts. Ich begann, nur noch Symbole zu sehen, die zur Situation paßten: Ich sah eine junge Frau in einem Blumenkleid und Springerstiefeln an einer Ecke stehen und Polaroids von nichts machen; am Denny Way sah ich einen Fahrradkurier, der ein leeres Fahrrad neben sich herzog; wieder im Hotel verlor ich eine Neun-Dollar-Sonnenbrille durch ein Loch in meiner Tasche – eine Brille, die ich immer gemocht hatte, weil sie den Himmel blauer erscheinen ließ, als er wirklich ist.

Auf KIRO-TV zeigten sie in den 18.30-Uhr-Nachrichten *den Krankenwagen*, der dich zum American Hospital brachte.

Italien.

Du, dieses Kind des *Hier*, des Neuen, verloren in der ältesten Stadt. Das kam mir grausam vor.

Später am Abend gab es *immer* noch nichts wirklich Neues. Aber zumindest warst du offenbar aus dem Koma erwacht. Doch dann beschlich uns eine *neue* Angst, so schlimm, daß wir noch nicht mal offen darüber reden konnten, als ob Worte ihr ein eigenes Leben verleihen würden – die Angst, daß du nach dem Koma ... hirntot sein könntest. Also redeten meine Freunde und ich lieber über das Wetter. Wir versuchten uns zu einigen, ob es an diesem Tag nun sonnig oder regnerisch gewesen war. Es war so ein schmaler Grat, daß niemand es genau sagen konnte. Die Nacht brach herein, bevor es endgültig klar war, bevor wir völlig sicher sein konnten, daß die Sonne gewonnen hatte.

Am nächsten Tag ging es dir offenbar gut. Du batest um einen Erdbeermilchshake, als du im Krankenhaus erwachtest. Du warst nicht hirntot. So schien es zumindest. Und die Welt drehte sich weiter.

Aber ich weiß noch, daß ich nach diesem Tag kein Bild mehr von dir gesehen habe – noch nicht mal davon, wie du Europa verlassen hast, die Vergangenheit verlassen hast – oder wie du vor der Presse das Peace-Zeichen gemacht hast. Und dann hörte ich gestern, daß Nirvana die Lollapalooza-Tour abgesagt haben. Und ich dachte mir, daß da *irgend*was nicht stimmt.

Und jetzt bist du tot.

Ich war in San Francisco, fuhr gerade auf der 101 am Candlestick Park vorbei, als die Meldung im Radio kam, auf LIVE 105 – die Meldung, daß du dich erschossen hast.

Ein paar Minuten später war ich in der Stadt, und ich fuhr an den Straßenrand und versuchte herauszufinden, was ich fühlte.

Ich hatte dich nie darum gebeten, mich dazu zu bringen, etwas für dich zu empfinden, aber es ist geschehen – trotz des Hypes, trotz allem, was dagegen sprach – und jetzt bist du für immer in meiner Phantasie.

Und ich schätze, im Himmel bist du auch. Aber wie genau hilft es dir *jetzt*, zu wissen, daß auch du, wie es heißt, einmal verehrt wurdest?

D.

HAM-

15

Harolden in West Vancouver

In Großbritannien gibt es die sogenannten Trainspotters. Das sind Leute, die ihre Nachmittage damit verbringen, auf Eisenbahnböschungen zu sitzen und mit der Stoppuhr in der Hand den Zugverkehr zu kontrollieren. In Nordamerika gibt es einen Kreis von Teenagern – »Harolds« –, die mit fanatischer Begeisterung auf Friedhöfen herumhängen, um immer wieder dem Übergang vom Leben zum Tod beizuwohnen. (Etymologie: der 70er-Jahre-Kultfilmklassiker *Harold and Maude*, in dem ein junger, todessüchtiger Mann als Freizeitbeschäftigung Begräbnisse und Friedhöfe besucht.)

Früher war ich ein typischer Harold.

Der Friedhof, den ich frequentierte, war der Capilano View Cemetery, der städtische Friedhof von West Vancouver. Er liegt in den British Properties – einem Vorort von Vancouver an einem Berg, vergleichbar mit Pacific Palisades oder Glendale, der

Mitte des Jahrhunderts *ex nihilo* aus den Regenwäldern der Westküste sproß. (Sein Wachstum hielt bis weit in die 70er hinein an.)

Etwa von meinem achtzehnten bis zu meinem einundzwanzigsten Lebensjahr haroldete ich fast wöchentlich auf dem Capilano View Cemetery herum. Ich setzte mich auf die Bänke, schlenderte zwischen den sauber ummähten Steinen umher und schaute mir an, wer wann gestorben war und in welchem Alter. Ein Harold zeichnet sich durch eine gewisse Vermessenheit aus, eine ich-bezogene Vorstellung von der eigenen Unsterblichkeit. Harold lacht dem Tod ins Gesicht (*har har!*), und besonders genießt er es, zu wissen, daß es den Tod gibt, ohne ihn jedoch zu fürchten.

Der Capilano View Cemetery ist der einzige Teil der British Properties, der eine Geschichte von glaubwürdiger Dauer hat. Das erste Begräbnis dort fand im Februar 1926 statt. Die kunstvoll beschnittenen Stechpalmen, Eiben, Zedern, Fichten und Kirschen sind alle so etwa in den 50ern und bieten den jungen Harolds der Vorstadt (ich war nicht der einzige) somit Geschichte zum Anfassen, die im hiesigen Park Royal Shopping Centre (1950) oder unter den von japanischem Spaltblatt-Ahorn flankierten supermodernen Architekturzeitschrift-Holzhäusern, die die steilen, kurvigen Straßen der British Properties säumen, einfach nicht zu finden ist.

Die spartanischen vier Hektar von Capilano View zeugen von dem kompromißlosen Minimalismus Mies Van der Rohes; die Grabsteine dürfen nicht hervorstehen (alle Steine schließen mit dem Boden ab und sind ideal fürs freitagabendliche Frisbee-Spiel); alle »Blumengaben« müssen in Becher passen, die so tief im Boden versenkt werden, daß die Behälter nicht über die Erdoberfläche hinausragen. Plastikblumen sind nur vom 1. November bis zum 1. April erlaubt. Im Norden und Osten grenzt ein großer Westküsten-Regenwald an den Friedhof. Rhododendren wachsen dort und auch Araukarien.

Harold-Literatur: Ich habe früher Geschichten über Teepflanzer und Gummiplantagenbesitzer gelesen, die in einem heißen Land fern der Heimat starben und noch am gleichen Tag beerdigt wurden, damit sie nicht schon vor der Beerdigung verwesten. Zu einer Jugend in West Vancouver gehörte das Gefühl, mitten im Nichts aufzuwachsen: in einem am Rande des Kontinents balancierenden Konstrukt, das Bezüge schuf, ohne eine Geschichte, ohne eine Ideologie zu besitzen. Ach, wie ich mich mit diesen Teepflanzern identifizierte! Am Ende der Welt begraben zu sein bedeutet, die eigene Existenz in Frage zu stellen. Wer *sind* wir, wenn wir keine Landschaft unser eigen nennen können?

Wenn ich in einer neuen Stadt bin, besuche ich meistens ihren Friedhof: Er ist oft der erholsamste Ort einer Stadt. Auf dem Mount Pleasant in Toronto ist es so still wie im Mutterleib; der Akasaka-Friedhof von Tokio ist außer an ein paar besonderen Besuchstagen normalerweise fast leer, und er strahlt die schlampige Tellerstapel-Atmosphäre eines Junggesellenapartments aus.

Friedhofsarchitektur verrät viel über das Verhältnis einer Kultur zu ihren Vorfahren. Mexikos atemberaubende Marzipantorten-Krypten, die einem beinahe in den Augen weh tun, bezeugen eine Sie-leben-noch-Beziehung zu den Verstorbenen; Irlands traurige, flechtenbewachsene keltische Kreuze, die krumm und schief zwischen Büscheln ungeschnittenen Farnkrauts stecken, erzählen von Einsamkeit – und davon, daß wir alle uns damit abfinden müssen, mit einem Bein im Grabe zu leben. Und West Vancouvers zu ausgesprochen urbanen Gittermustern geordnete und fast unsichtbare Grabsteine besagen, daß man ums Sterben, das nichts ist als eine Rückkehr zur Natur in Gestalt des den Friedhof umschließenden Regenwalds, nicht zuviel Aufhebens machen sollte. Die Seele wird einfach wie bei einem Geldautomaten in den Wald nebenan transferiert.

Wegen eines bestimmten Vorfalls hörte ich auf, ein Harold zu sein: Im Sommer 1983 saß ich mit einem Spielzeugxylophon auf einer Zementbank am äußersten Ostende des Friedhofs. Ich versuchte, die Tonfolge vom Anfang des 81er Orchestral-Manoeuvres-in-the-Dark-Hits »Joan of Arc« nachzuspielen (ein kurzer Flirt mit dem

Katholizismus). Ein paar Tage später las ich in einem Midas-Muffler-Laden die zweiwöchentlich erscheinenden Lokalzeitung *North Shore News*. Darin stand, daß weniger als einen Tag, nachdem ich dort Xylophon gespielt hatte, auf dem Friedhof ein Grab geplündert worden war – und zwar nicht weit von meiner geliebten Harold-Bank. Ein verwester Kopf und andere Körperteile waren ausgegraben und gestohlen worden, Täter unbekannt.

Tja, das war's dann – ich stellte das Harolden auf dem Capilano View unverzüglich ein. Die Sterblichkeit (in Form der deprimierendsten Spielart des Bösen, das von Trailer-Parks ausgeht) hatte sich aus dem Wald herangeschlichen und war in mein unbeflecktes Harold-Terrain eingedrungen. Ich weiß noch, wie deprimiert und erschreckt ich darüber war, daß ich in diesem sinnlosen, schmutzigen Exzeß irgendwie mit drinhing. Und damit ich mich dem Friedhof auch bestimmt fernhielt, vermeldeten die Zeitungen bald auch noch, daß West Vancouver zur Vergrößerung des Geländes demnächst weitere zwei Hektar Regenwald an der schönen Nordseite abholzen würde. Expansion findet in der Neuen Welt ausnahmslos auf Kosten der Natur statt – niemals auf Kosten von bereits bestehenden Bauwerken. Wenn man ganz und gar der Neuen Welt entstammt, kann man diese Zerstörung manchmal einfach nicht mit ansehen, weil das zu sehr schmerzt.

Ciao, Harold.

Neulich bin ich dann doch wieder einmal nach Capilano View zurückgekehrt – zehn Jahre später. Wenn man erst mal Anfang Dreißig ist, bekommt man es mit allen möglichen Formen von Verlust zu tun. Ich hatte das dringende Bedürfnis, Harolds altes Revier zu besuchen.

Es war kein sonniger Tag, als ich Capilano View aufsuchte, und was ich sah, überraschte mich. Ja, seine Miesschen Grünflächen, flach wie Billardtische, waren unverändert. Doch die zwei Hektar große Rodung im Norden war völlig verwahrlost. Ich hatte einen brandneuen Golfrasen erwartet, gesprenkelt mit Grabmarkierungen; statt dessen sproß aus dem ehemaligen Wald ein dichter, pelziger Hippiebart von mehreren Tausend blattlosen Erlen – Millionen aufwärts gerichteter, ganglienartig blattloser Zweige, alle umhüllt vom Bergnebel, wie auf sterilem Nährboden kultivierte Gehirn-Dendriten, die nicht mehr mit einem empfindungsfähigen Wesen verbunden und daher nicht in der Lage sind zu denken.

Gemischte Gefühle: die Tatsache, daß der Wald nicht zerstört worden war – sondern nur zu einem Erlenbruch »umfunktioniert« – mag vielleicht erst einmal wie eine Begnadigung wirken, doch das war sie nicht. Erlen sind wie Unkraut, das mit prähistorischen Maßstäben gemessen nur ein Vorläufer einer Zerstörung ist, die noch nicht ganz vollendet wurde – eine Zerstörungspause. Erlen bedeuten, daß die Bulldozer noch nicht da sind; Erlen bedeuten, daß der Circle-K-Minimart noch nicht fertig entworfen ist; Erlen bedeuten, daß die völlige Auslöschung der Natur noch auf sich warten läßt. Eine Kentucky-Blaugraswiese wäre zumindest Indiz für eine gewisse Form der Vollendung gewesen, Erlen hingegen bezeugen, daß der Natur das Rückgrat gebrochen worden ist.

Aber so reden nur Baum-Umarmer.

»Das ist ein prähistorisches Ding.«

Egal.

Es ist nur so, daß ich mich ach-so-viel-älter fühle neben diesem hirntoten Erlenbruch, diesem Gehölz der gelöschten Erinnerung. Seine Millionen dicker, saftiger, nasser Zweige, dreimal so groß wie ich, alle unglaublich dicht zusammengedrängt, waren eine Herausforderung für mich – eine Herausforderung, der ich mich einfach stellen mußte.

Und so betrat ich diese Monokultur nasser Zellulosestrukturen, ohne mich darum zu kümmern, daß es dort schmutzig war und mein Pullover, meine Hose und meine Schuhe ganz naß wurden – hinein in den Schlamm und die Äste, die mir wie Lederriemen ins Gesicht schlugen, und kämpfte mich immer weiter voran wie in einem Feld mit ganz hohem Mais – und dort suchte ich nach Harold.

16

Zwei Postkarten von den Bahamas

POSTKARTE EINS: DIE GANZE WELT UND EIN GANZES LEBEN AN EINEM TAG

Ich spaziere auf der Insel umher, und ich sehe Momente der Schönheit, die mir in ihrer Vergänglichkeit den Atem rauben: den Sonnenuntergang in einer Mauer aus grünen Flaschen oberhalb des Friedhofs; eine Hibiskusblüte in einer Flasche auf dieser Mauer; ein gelber Falter auf einer gelben Blume. Diese kleinen Momente werden zu Erinnerungen.

Ich glaube, ich bin dabei, mein Erinnerungsvermögen zu verlieren, und obwohl ich weiß, daß das ganz natürlich ist, finde ich doch, daß ich noch zu jung dafür bin, und es macht mir ein wenig angst. Darüber habe ich heute früh nachgedacht, als ich eine Inselstraße entlangwanderte.

Vor ein paar Jahren tobte hier ein Hurrikan, und viele Bäume fielen um, und viele Häuser verloren ihre Dächer. Straßen, die früher schattig waren, liegen nun im gleißenden Sonnenlicht, und einst vertraute Landschaften erzeugen jetzt Verwirrung.

Nicht nur, daß ich fürchte, mein Erinnerungsvermögen zu verlieren – es geschieht noch etwas anderes, das mir zwar keine angst macht, aber mir doch zu denken gibt: Langsam kann ich Traum und Wachen nicht mehr auseinanderhalten.

»Hab ich diese Medizin nicht schon genommen?«

»Aber ich *hab* das Buch doch wieder in die Bücherei gebracht.«

»Ich bin diese Straße schon mal entlanggegangen, aber sah sie da nicht anders aus?«

Heute morgen hab ich mir überlegt, wenn man sein Erinnerungsvermögen mehr oder weniger völlig verliert, dann wird jeder einzelne Tag zu einem ganzen Leben – denn am nächsten Tag hat man bereits vergessen, was vorher war. Für einen Menschen ohne Erinnerungsvermögen wird die Existenz zu einer Kette von einzelnen Leben, die alle einen Tag dauern.

Wie auch immer, ich dachte mir heute also, da es sowieso so mit mir enden wird, kann ich ebensogut versuchen, den heutigen Tag stellvertretend für mein ganzes Leben zu sehen beziehungsweise als ein ganzes, in sich geschlossenes Leben.

Ich habe heute nicht viel unternommen, aber allein dadurch, daß ich der Kürze des Tages gegenüber offen war und ihn aus einem neuen Blickwinkel betrachtete, hatte es den Anschein, als ob in Wirklichkeit viel geschehen sei und ich eine Menge gemacht hätte.

Ich sah Kinder Basketball spielen; ich sah Bienen über einer blühenden Korianderdolde umhersummen; ich sah eine Drossel und eine Taube von zwei verschiedenen Telefonleitungen aus miteinander sprechen. Ich fragte mich, wie man mich

wohl beurteilen würde, wenn der heutige Tag mein ganzes Leben sein sollte. War ich gut? War ich böse? Wie würde ich vor Gericht bestehen?

Die Welt einfach nur zu betrachten, war mir nicht genug. Ich begann mich zu fragen, ob ich in die Welt hineinspringen könnte … ob ich *mehr* tun könnte, als einfach zu existieren.

Und so lief ich weiter auf der Insel umher. Ich sah viele Leute mit Sonnenbränden, und ich grüßte sie. Ich fand, eine Art, sich zumindest relevanter vorzukommen, war, mehr Menschlichkeit zu zeigen – humaner zu sein –, denn je älter ich werde, desto mehr fällt mir auf, wie einem das Gefühl der Menschlichkeit abhanden kommen kann. Eines Morgens wacht man auf und fühlt sich nicht mehr ganz so … *menschlich* wie früher. Leute zu grüßen war also ein kleiner erster Schritt in diese Richtung.

Gegen Sonnenuntergang ging ich zum Hafen, an ein paar großen Häusern vorbei, und da mußte ich daran denken, daß einige Leute reich sind an weltlichen Gütern und andere nicht, und wie idiotisch einem das alles vorkommt, wenn das Leben nur einen Tag dauert. Und ich dachte an all die reichen Leute, die ich kenne, und wie viele davon allein in ihrem Wohnzimmer sitzen und sich sagen: »Und … was kommt jetzt?« Und ich dachte an all die nicht so reichen Leute, die ich kenne, und wie sehr sie sich danach sehnen, allein in einem kühlen, sauberen Wohnzimmer zu sitzen und zu sagen: »Und … was kommt jetzt?«

Ich erreichte den Hafen genau in dem Moment, als eine mandarinenfarbene Sonne in türkisem Wasser voller Engelbarsche und Elritzen versank. Ich sah von einer Bank aus zu, und ein alter Mann, der stadtbekannt dafür ist, daß er Leuten, die sich das wahrscheinlich lieber nicht anhören möchten, irgendwelche wüsten Geschichten erzählt, kam auf mich zu und redete wie immer wirres Zeug. Passanten warfen mir wissende Blicke zu, in denen sowohl Mitleid lag als auch die Erleichterung darüber, daß sie sich nicht in meiner Lage befanden.

Und so sahen dieser alte Mann und ich zu, wie die Sonne unterging, und er sagte, wenn der Tag des Jüngsten Gerichts käme, würden wir alle mit der Erde verschmelzen, ebenso sanft und langsam, wie die Sonne mit dem Ozean verschmilzt. Ich war bestürzt, denn übers Vor-Gericht-Stehen hatte ich heute schon viel nachgedacht. Dann machte sich der Mann auf die Suche nach frischeren Zuhörern, und ich ging in Gedanken versunken nach Hause.

Normalerweise verliert die Welt ihre Reize, wenn die Sonne untergeht, und ich greife nach einem Cocktail wie nach dem AN-Knopf des Autoradios, wenn ich an einer roten Ampel halten muß. Doch heute abend machte ich eine Ausnahme, und ich beschloß, die Bar mit der Freiluftterrasse, in der viele Leute sich Rum-Drinks schmekken ließen, links liegenzulassen. Ich ging nach Hause und betrachtete die Nacht.

Es wetterleuchtete am Horizont, in Richtung Nassau, und außerdem gab es ungewöhnlich viele Sternschnuppen. Die Sterne selbst standen heute nacht so dicht am Himmel, als sei er ein gigantisches Stück Batikstoff.

Vor meinem Haus stand eine Frau neben ihrem Fahrrad und musterte die Sterne. Sie zeigte mir ein Sternbild. Ich dankte ihr, sagte ihr jedoch, daß ich nichts über Sternbilder wissen wollte. Sie fragte mich nach dem Grund, und ich erklärte ihr, daß ich vor vielen Jahren die Namen aller Pflanzen gelernt hätte und wollte, daß mir wenigstens der Himmel ein Geheimnis bliebe.

Sie erzählte mir jedoch daraufhin, daß sie die Sternbilder einfach lernen *mußte.* Als ich nachfragte, antwortete sie, sie habe zwei Söhne, die auf der andere Seite des Erdballs zur Schule gingen, und daher war der Himmel die einzige gemeinsame Basis, die sie hatten.

Wir verabschiedeten uns voneinander, und ich setzte mich auf meine kleine

Veranda. Eine Eidechse huschte zu meiner Rechten umher, Wespen schliefen in ihrem Nest in den Dachbalken vor dem Badezimmerfenster, und ich spürte, wie mein Tag zu Ende ging.

Ich glaube, das Besondere an dem heutigen Tag ist, daß ich ihn allein verbracht habe – nicht mit *dir*. Bist du der Mensch, an den ich gerade denke? Vielleicht. Wo bist du? Wohin bist du gegangen? Der Tag schwindet, und ich frage mich, wie mein nächstes Leben wird, morgen. Ich wünschte, du wärst dabei.

Wir alle haben ein »du« in unserem Leben … irgend jemanden, der mit uns den Tag hätte verbringen sollen, aber aus irgendeinem Grund fortgegangen ist. Dieses eine »du« ist jetzt nicht hier. Ebensowenig wie die Sonne in die grünen Flaschen auf der Friedhofsmauer scheint oder von den Engelbarschen zurückgeworfen wird, die jetzt durch schwarzes Wasser huschen.

Die Sonne ist in die Welt hineingefallen, wie auch ich in die Welt hineingefallen bin, aber die Sonne wird dafür nicht verurteilt; ich jedoch werde mich selbst verurteilen.

Und morgen, wenn ich mit einer neuen Sonne und einem neuen Leben aufstehe, werde ich mir alles verzeihen, und ich werde dich finden, und du wirst hier in meinem Leben sein, und wir werden zusammen die Straßen der Insel entlanggehen.

POSTKARTE NUMMER ZWEI: STROMAUSFALL

Ich möchte wirklich wissen, ob alle Erinnerungen gleich sind oder ob einige »wichtiger« sind als andere. Wie viele Menschen meines Alters war ich von Geburt an ungeheuren Mengen gutproduzierter, hochqualitativer Information und Unterhaltung ausgesetzt. Neulich habe ich einen Fernsehwerbespot für Shake ’n Bake gesehen, der mir seit zwanzig Jahren nicht mehr untergekommen war, und blitzartig stand mir der gesamte Spot wieder vor Augen, als hätte ich ihn gerade vor fünf Minuten zuletzt gesehen. Mein Kopf ist also wahrscheinlich mit fast unendlich vielen unterschiedlich großen, von verschiedenen Firmen gesponsorten Konsumbildern vollgestopft. Diese »fremden« kommerzialisierten Erinnerungen befinden sich alle irgendwo in meinem Hirn. Es lohnt sich wirklich, darüber einmal nachzudenken.

Was wäre, wenn ich diese Kommerzbilder niemals im Kopf gehabt hätte? Wenn ich in der Vergangenheit oder einer Zivilisation ohne Medien aufgewachsen wäre? Wäre ich dann immer noch »ich«? Wäre meine »Persönlichkeit« eine andere?

Ich glaube, in unserer Kultur herrscht unausgesprochen Einigkeit darüber, daß wir die kommerzialisierten Erinnerungen in unserem Kopf nicht als real betrachten sollten, daß das wahre Leben aus der Zeit besteht, die wir nicht vorm Fernseher, mit einer Zeitschrift oder im Theater verbracht haben. Aber bald wird die Erde ausschließlich von Menschen bevölkert sein, die nur eine Welt mit Fernsehern und Computern kennen. Werden wir, wenn dieser Punkt erreicht ist, immer noch in Prä-TV-Identitätsbegriffen denken? Wahrscheinlich nicht. Die Zeit läuft weiter: Statt blaue Mao-Outfits zu kaufen, decken wir uns bei Gap mit Klamotten ein. Kommt aufs gleiche raus. Jeder reist überall hin. Die Idee des »Orts« ist ein Witz.

Und hier noch etwas, das uns allen schon aufgefallen ist: Bei Stromausfällen singen wir Lieder, doch sobald die Elektrizität wieder da ist, geht jeder seiner Wege.

Ich habe mich entschieden, mein Leben in einem ständigen Stromausfall zu leben. Ich schaue die Bildschirme und die Hochglanzseiten an, und ich lasse sie nicht zu Erinnerungen werden.

Wenn ich Menschen treffe, stelle ich sie mir in einer Welt der Dunkelheit vor. Die einzigen Lichter, die zählen, sind die Sonne, Kerzen, der Kamin und das Licht in deinem Innern, und wenn ich dir manchmal seltsam vorkomme, liegt das nur daran, daß ich den Strom abschalte und versuche, uns beiden zu helfen, versuche, dich und mich als die Menschen zu sehen, die wir wirklich sind.

17

Postkarte aus Palo Alto

Palo Alto wird heute hundert. Palo Alto ist der Ort, an dem die Bradys aus dem Fernsehen gewohnt haben (und immer noch wohnen) könnten: unter dem arkadischen, suburbanen Laubwerk mitten auf der San Francisco Peninsula – in schindelgedeckten Arts-and-Crafts-Vierteln voller Eukalyptusbäume, Wacholder, Birnbäume, Baumfarne, Mammutbäume und blühender Pampelmusenbäume – oder in ruhigen, Bungalow-gesäumten Straßen voller Schmucklilien und Watsonia, violettem mexikanischem Salbei und Hibiskus; leuchtendgeld blühenden Kübel-Margeritenbäumchen und Clematisranken.

Außerdem sind in Palo Alto Hewlett-Packard und Hunderte andere Silicon-Valley-Tech-Firmen ansässig – auch sie ducken sich elegant und diskret hinter korrekt angehäufter und gepflegter Erde – exakt durchkonzipierte Landschaften, die von dem in regelmäßigen Intervallen ausgestoßenen *Tsk-tsk* der Rasensprenger, dem vereinzelten Summen eines vorbeifahrenden Lexus oder dem Kichern radelnder Jugendlicher höflich in einen sonnigen Schlummer gewiegt werden.

Palo Alto (55 900 Einwohner) ist vielleicht das letzte voll funktionsfähige, finanziell abgesicherte kalifornische Mittelklasse-Traumland, das es noch gibt. Auf den 67 Quadratkilometern des Ortes läßt es sich ohne jede Einschränkung äußerst angenehm leben. Palo Alto ist eine hübsche, funktionierende Stadt, die der Welt weitaus mehr gegeben als genommen hat, und wer etwas an ihr auszusetzen hat, ist ungerecht und kleinlich. Sie ist der Inbegriff der Ruhe und Freiheit der Mittelklasse. Palo Alto, oder die platonische Vision einer Stadt wie dieser, ist insgeheim für viele das Ideal, für das es sich zu kämpfen lohnt, wenn es denn zu einem Kampf kommen sollte.

Die Stanford University, der eigentliche Motor und Raison d'être Palo Altos, wurde 1891 von dem Eisenbahn-Tycoon Leyland Stanford gegründet, im Andenken an seinen Sohn, Leyland jr., der auf einer Italienreise der Stanfords an der Cholera starb. Der großartig ausgestattete Campus besteht wie die meisten an der kalifornischen Küste aus einer Vielzahl von Gebäuden mit Terracottadächern, umgeben von gesundem, ordentlich gepflegtem Laubwerk. Wenn man von der Innenstadt Palo Altos aus die University Avenue eine Viertelmeile in Richtung Westen bis zu den Universitätshauptgebäuden hinauffährt – auf beiden Seiten von kräftigen, offensichtlich alten, mediterran wirkenden kanarischen Dattelpalmen bewacht –, wird einem klar, daß dieser Ort das Glück hatte, niemals knausern zu müssen.

Aber schon ziemlich bald zweigt von dieser palmengesäumten Allee nach links eine Straße ab, die auf den ersten Blick so aussieht, als gehöre sie in ein gescheitertes Wohnungsbauprojekt in einem Staat wie Georgia oder Mississippi: gammeliger, an den Seiten bröckelnder Asphalt, und drumherum offenbar ... nichts. Wenn man von der University Avenue abbiegt und diese Straße entlanggeht, deutet unerklärlicherweise plötzlich nichts mehr darauf hin, daß sie irgendwie instandgehalten wird – daß es hier *Menschen* gibt. Wir sind eine Million Jahre zurückversetzt worden. Wo sind wir?

Wir befindung uns im Arboretum Restoration Project, mithilfe dessen der Sumpf erhalten und der Eichenbestand wiederhergestellt werden soll. Hier wird das Gras nicht gemäht – hier experimentiert man mit einer Anti-Landschaftsarchitektur: wiederherstellen, was früher *war.* Besucher sollten dicke Hosen tragen – dicht an dicht in dem haferähnlichen Gras stehen die toten braunen Disteln des letzten Jahres, Brombeersträucher, Fächerpalmen, orangefarbener kalifornischer Mohn und die mageren, fraktalförmigen Skelette einer Pflanzenart, die im Moment zwar keine Saison hat, aber offenbar sehr schnell wächst, wenn es erst mal soweit ist. Hier gibt es jugendliche Eichen, sumpfige Stellen, Ameisenlöcher und plaudernde Vögel. Jetzt im April sind die Unmengen von Pflanzen, viele davon selten, zwar noch klein, aber voller Lebenskraft. Bald wird das Dickicht beinahe undurchdringlich sein.

Das Ganze wirkt heute irgendwie prähistorisch. Es herrscht eine Stimmung, als lauerten hungrige Dilophosaurier und Raubvögel in den Eichenwäldern – das Wilde, das darauf wartet, auch noch die disneyfiziertesten Gegenden zurückzuerobern, wenn keiner aufpaßt. In dieser Landschaft darf die Natur die Komplexität, die dem Wilden innewohnt, wiederherstellen. Den Maschinengeräuschen in der Nähe gelingt es da nicht mehr, ein Gefühl der Sicherheit zu vermitteln.

Vom Inneren des Arboretums aus kann man nur ein einziges von Menschen gefertigtes Objekt sehen, und auch das nur mit Mühe: Im Südwesten ragt ein Campanile knapp über die Bäume hinaus. Wenn man darauf zugeht, liegt die paläozäne Landschaft schon bald hinter einem, und man befindet sich in einer aus Volleyball, Rollerbladern, sonnenverbrannten Studenten und Hondas bestehenden Jugendlandschaft.

Der Campanile ist der Glockenturm des Herbert Hoover Institute on War, Revolution and Peace, 1941 von Hoover, der aus Palo Alto stammte, gegründet. Aus dem Piazza-Springbrunnen vor dem Haupteingang des Gebäudes schöpfen Studenten mit Frisbees Wasser, um sich damit naßzuspritzen. Hinter den Eingangstüren des Turms schlägt die Atmosphäre augenblicklich ins genaue Gegenteil um: Hier ist alles nüchtern. Zur Rechten hängt ein trübsinniges Öl-Portrait des trübsinnigen Hoover.

Auf beiden Seiten des beinahe parodistisch unfreundlichen 40er-Jahre-Informationsschalters in dem kühlen, hallenden Vorraum befinden sich zwei Museumsräume. Der linke ist Hoovers Frau gewidmet, Lou Henry Hoover, und der rechte Hoover selbst. Man hat das Gefühl, als sei man nach einer Reifenpanne in einer fremden Stadt zufällig in ein ziemlich kurioses Museum geraten – zum Beispiel ein »Walnußmuseum« oder »Das Leben mit Mangan«.

Der Hoover-Raum hat die Größe eines 7-Eleven, aber hohe, kühle Steinwände. Taillenhohe gläserne Ausstellungsvitrinen entlang der Wände präsentieren Hoover-Andenken, wie einen Brocken Hämatit-Erz, den Hoover 1912 in Kalgoorlie, Australien, gefunden hat, und ein paar Fetzen belgischer Spitze – Dankesgeschenke für die von Hoover organisierten Hilfsaktionen im Ersten Weltkrieg. Da gibt es einen von Lenin gegengezeichneten Brief aus dem Jahr 1921, in dem Maxim Gorki den Westen um Hilfe für das hungernde russische Volk bittet. Auf einem 24-Zoll-Sony läuft als Endlosschleife ein gespenstischer fünfminütiger Schwarzweißfilm, in dem Hoover erklärt, das Institut und die 1,2 Millionen Dokumente, die es beherbergt, trügen »dazu bei, daß Menschen zu Friedensstiftern werden.«

In der Mitte des Raums steht eine Vitrine mit einem Zinnmodell des Hoover-Damms und einer kleinen gußeisernen Solovieva-Skulptur mit dem Titel *Tolstoi mit Pflug*, ein Andenken an die Reorganisation der Eisenmine von Kyschtym, die Hoover 1910 durchgeführt hat. Und am Ende der Ausstellung hängt eine Ausgabe von Hoovers Buch *The Problems of Lasting Peace* (1941) an der Wand. Die Zeit und die

Erinnerung haben sich Hoover gegenüber vielleicht nicht allzu großzügig gezeigt, aber es läßt sich nicht leugnen, daß der Mann im wesentlichen gute Absichten gehegt hat – in Palo Alto gezüchtete Absichten.

Für einen Dollar kann man den vierzehn Stockwerke hohen Turm hochfahren, den einzigen von Menschenhand gefertigten Aussichtspunkt im gesamten Silicon Valley. Hier erfährt man, daß der Herr, der früher die Glocken des Turms bedient hat, jetzt im Ruhestand ist, und daß die Glocken nur noch selten läuten, das letzte Mal 1992, als Michail Gorbatschow Stanford besuchte.

Es ist ein schöner Tag, und die Aussicht ist umwerfend. Im Norden liegen San Francisco und die Brücken der Bay. Im Süden liegen San Jose, Santa Clara, Sunnyvale, Cupertino, Mountain View und andere Städte – ihre Industrieparks beherbergen die Schmieden des postindustriellen Zeitalters, flankiert von Palo-Alto-mäßigen Vorstädten, deren wohldurchdachte Begrünung an diesem schönen Frühlingstag beinahe sichtbar Sauerstoff in den blauen Himmel pumpt.

Im Westen liegt der Campus – unten auf dem Bibliotheksgelände steht der *Denker* von Rodin, ein paar Meilen weiter weg erhebt sich der spitze Berg der Halbinsel. Und im Osten befindet sich die andere Seite des Campus. Der Wind trägt Gejohle aus dem Stadion herauf. Und hinter dem Campus liegt die Stadt Palo Alto.

Palo Alto – einhundert Jahre alt. Palo Alto träumt vom Frieden, träumt von dem Tag, an dem es seinen zehntausendsten Geburtstag feiern wird, und weiß insgeheim, daß der Frieden nicht der natürliche Zustand der Welt ist, daß die Welt eigentlich eher wie ein Jurassic Park ist, von dem die Universität in Form des Arboretum Restoration Projects ein Stück bewahrt, von Herbert Hoovers Glockenturm aus klar zu sehen, wie ein schlafendes Samenkorn – ein Samenkorn, aus dem einmal etwas wachsen wird oder nicht, ganz nach dem Willen der Menschen.

Palo Alto, Kalifornien, 16. April 1994

39766

18

James Rosenquists *F-111*

(F-ONE ELEVEN)

Stell dir vor, du wohnst am Ende der Welt (Vancouver) und gehst in eine kleine Grundschule in einem entlegenen Vorort an einem Wald, hinter dem nichts ist als Wald und Berge und Tundra und Eis, Tausende von Meilen weit, bis zum Nordpol, der ja an sich auch nichts Besonderes ist. Als nächstes kommt praktisch schon Sibirien.

Stell dir vor, es ist 1970, und du bist acht Jahre alt. Stell dir vor, du hast keine Religion. Stell dir vor, du und deine Freunde wohnen alle in schlüsselfertigen Häusern, möbliert mit Träumen aus dem *Life*-Magazin. Stell dir vor, du lebst in einer Welt ohne Geschichte und ohne Ideologie.

Dann stell dir vor, du gehst in diese Grundschule am Ende der Welt, schlägst ein Lexikon auf und findest unter »Kunst« die lange, schmale Abbildung eines bestimmten Gemäldes: *F-111* (ausgesprochen eff-one-eleven). Es besteht unter anderem aus einem Biskuitkuchen, Dosenspaghetti, den Worten »U.S. AIR FORCE«, einer Atomexplosion und einem Firestone-Reifen, alles der Länge nach auf einen F-111-Bomber gemalt. Alle diese Bilder leuchten in grellen Farben – all diese Bilder, die täglich durch deinen Kopf rauschen – Bilder, die nun alle in einem verführerischen, weltalmanachmäßig offiziösen neuen Zusammenhang rekontextualisiert sind. [Lustig: Die Grammatik-Prüffunktion meines Computers sagt mir, ich solle »Fremdwörter wie ›REKONTEXTUALISIERT‹ vermeiden«. Da hat er recht!] Sogar ein kleines Mädchen, etwa in deinem Alter, sitzt da unter einer Trockenhaube. Höchstwahrscheinlich hat es seine eigene *Afterschool Special*-Sendung auf ABC.

Genial.

Warhol (eine weitere Kunst-Entdeckung, die ich machte, kurz nachdem ich auf Rosenquist gestoßen war) hat gesagt, wenn man die Welt einmal als Pop gesehen habe, könne man sie nie wieder auf die gleiche Weise wie früher betrachten. Stimmt genau. Frühe Familienerinnerung: Der kleine Douglas zerschneidet *Life*-Magazine, die er für fünfundzwanzig Cent pro Stück im Antiquariat gekauft hat, und klebt die Bildschnipsel zu »Rosenquists« zusammen, geht damit seinen Brüdern auf die Nerven und verblüfft seine Eltern. Ahhh … eine Vorahnung der Postmoderne.

Wir kommen als unformatierte Diskette aus dem Mutterleib, erst unsere Kultur formatiert uns.

Die besten *Life*-Jahre für Collagen im Stil Rosenquists gingen so etwa von 1948 bis 1962. Damals waren die Bilder am allgemeingültigsten – am Sears-Roebuck-mäßigsten – als »Waffen und Butter« in vollem Saft standen. 1955 kam es Hormel oder Van Kamp nicht in den Sinn, Tausende von Dollar für ein ganzseitiges Foto von einem Schinken auszugeben.

Ich erinnere mich an Schüsseln voll Campbell's-Gemüsesuppe; Strandbälle, Astronauten; Schaukeln, holzverkleidete Kombis. Doch schon 1970 wirkte das alles irgendwie extrem. Aber es war groß und sexy und steckte voller Geld – Pop! – und vor allem war es *allgemeingültig.* Das Allgemeingültige postuliert ein Ideal – etwas, das 1970 am Ende der Welt ziemlich irrelevant war, wenn nicht sogar nicht vorhanden.

Diese *Life*-mäßigen Bilder sind heute natürlich diejenigen, welche das Ironieverständnis der Aufschwungkultur des Kalten Kriegs, das wahrscheinlich sowieso nie existiert hat, definieren: Dad mit einer Pfeife im Mund, Mom mit einer Schürze. Das ist schon kein Witz mehr. Da lohnt sich auch keine Ironie. Und so wie die Ironie selbst heutzutage den Boden unter den Füßen verliert, müssen die Ironiker, auf der Suche nach immer undurchschaubareren Taktiken, über die ungeschickten, noch tapsigen Ironie-Experimente des frühen Pop die Nase rümpfen. Daraus ergibt sich natürlich die Notwendigkeit einer Revision des Pop. *War* Pop ironisch? Ging es Andy *ausschließlich* um Ironie? Waren Rosenquists Werke *überhaupt* ironisch gemeint? *Wer* meinte es schon ernst? Und welche Künstler werden dieses neomarxistische Theoretisieren unbeschadet überstehen?

Es sind fast fünfundzwanzig Jahre vergangen, seit ich *F-111* zum ersten Mal betrachtet habe. In natura habe ich das Bild noch nie gesehen, nur auf unterschiedlich großen Abbildungen, zum Teil auf aufklappbaren Seiten, in Büchern und Zeitschriften. Es gehört für mich einfach dazu, mir vorzustellen, wie groß und protzig es ist. Zu sehen, wie Zeitschriften und Bücher versuchen, mit den problematischen Ausmaßen dieses Gemäldes fertigzuwerden, ist immer amüsant. Andere Rosenquist-Gemälde, die ich mit eigenen Augen gesehen habe – die früheren –, fand ich erstaunlich schmuddelig: abgerissenes Kreppband, unter dem unsaubere Konturen zum Vorschein kommen; Tropfen; Dreck. Nur Rosenquists spätere Werke weisen die Makellosigkeit auf, von der die früheren zu träumen scheinen.

Rosenquist war immer der Pop-Art-Maler, über den am schwierigsten Informationen zu finden waren. Ich weiß noch, wie ich einmal auf ein Foto der Kunstsammler-Familie Scull aus New York stieß (Warhol hat Ethel, das weibliche Familienoberhaupt, in dem Portrait *Ethel Scull 36 Times* verewigt), das sie beim Abendessen vor einem Rosenquist-Gemälde namens *Silver Skies* zeigte (weitere Firestone-Reifen und ein Gänsekopf). Dieses Bild befand sich im Eßzimmer der Familie Scull. Im *Eßzimmer.* Ich dachte so bei mir: »Diese Familie wohnt *nicht* am Rande der Wildnis. Wer *ist* diese Familie? Woran *glaubt* sie? Ist sie religiös? Und gehen sich Mr. und Mrs. Scull sonntags mit den Kindern *F-111* anschauen? Und essen die Sculls hinterher im Le Cirque mit dem Mädchen, das auf *F-111* unter der Trockenhaube zu sehen ist (und seinem Agenten)?«

Wenn man sich die Werke der Pop-Art-Künstler ansieht, scheint es, als beschäftigten sich die meisten davon mit einer Zukunft, in der die menschlichen Ideen sich leichter durch Maschinen vermitteln lassen. Die ausgefeilten Grafiken von Tadonori Yokoo, die Mitte der 60er entstanden, wirken wie ein Abziehbild für den Großteil des heutigen Computer-Grafikdesigns (zumindest in Asien). Aus den schlampigsten Werken Jasper Johns und Robert Rauschenbergs springt einem noch die Photoshop-Software ins Auge; Warhol machte die reinste Werbung für den Farblaserdrucker – fünfundzwanzig Jahre, bevor dessen Zeit gekommen war.

Letzten Dezember war ich in San Francisco, in einem Studio für digitale Animation. Dort sprach ich mit einem Produzenten, und als wir anfingen, über unsere Lieblingskünstler zu reden, fiel der Name Rosenquist. Ich sagte, ich würde gern einmal einen Rosenquist-Simulator machen – ein PC-TV-Produkt, das unablässig alle Nontext-Fernsehsender, die gerade laufen, schneidet, neu zusammenfügt, aus- und einblendet und auflöst. Das ergäbe einen endlosen, lebendigen Rosenquist für die Wohnzimmerwand. Er sagte, so etwas wäre eigentlich nicht besonders schwer zu realisieren.

Ein Großteil meines Glaubens an die Zukunft – *der* Großteil meines Glaubens an die Zukunft – richtete sich, ob ich mir dessen nun bewußt war oder nicht, auf die Welt der Kunst, und zwar der modernen Kunst. Durch die Kunst habe ich gelernt, daß Geschichte nie von sich aus Geschichte ist – möglicherweise ihre befreiendste und am wenigsten grausame Form. (Das ist Verklärung bourgeoiser Konsummuster; das muß bestraft werden.)

Ich glaube, alle Pop-Art-Künstler liebten die Dinge, die sie malten. Distanz, sofern überhaupt vorhanden, war nur vorgetäuscht. *F-111* ist eines der größten Antikriegsbilder, die je geschaffen wurden. Die Pop-Art-Künstler liebten die Maschine, die die Diskette formatierte, die sie selbst waren. *F-111* sagt zu mir: »Liebe die Maschine, die die Diskette formatiert hat, die *du* selbst bist.«

Ein Hoch auf die Kultur!

19

Postkarte aus Los Alamos

(ACID CANYON)

Auf dem Oldies-Lokalsender, KBOM 106.7 (»Wir strahlen zwar nicht, aber wir sind radioaktiv!«) läuft »Do You Feel Like We Do?« von Peter Frampton, während wir über eine kaumgummirosafarbene Straße aus Splitt von den nahegelegenen *Bugs-Bunny-Road-Runner-Hour*-mäßigen Mesas gleiten. Auf der steil ansteigenden New Mexico Route 502 überholen wir einen weißen 36-Tonner ohne Aufschrift, der vorn und hinten von jeweils zwei Chevy Suburbans mit geschwärzten Fenstern eskortiert wird. Die Suburbans sind ein Miniplex von Antennen, Schüsseln und Kabeln; man kann den Funkkontakt zwischen den fünf Fahrzeugen praktisch britzeln sehen wie das Glimmen eines Van-de-Graaff-Generators. Der 36-Tonner fährt mit seiner Leibwache den Pueblo Canyon entlang zum Los Alamos National Laboratory; geladen hat er … äh … (*hier Bezeichnung für etwas extrem Furchterregendes einfügen).*

Los Alamos, 18 000 Einwohner, achtzig Meilen nördlich von Albuquerque gelegen, ist für die kleine Schar begeisterter Kernkrafttouristen, die gerade im Entstehen ist, ein Muß. Die Stadt lebt von der Rüstungsindustrie. Hier befindet sich das Los Alamos National Laboratory, das von der University of California betrieben wird (der Fünfjahresvertrag wurde kürzlich verlängert). In Los Alamos wurden nicht nur zahlreiche kerntechnische Entdeckungen gemacht, sondern es hat auch die zweifelhafte Ehre, der Ort zu sein, an dem die erste Atombombe gebaut wurde. Die Stadt ist etwa dieselbe Art von Reiseziel wie die sagenumwobenen Todesstädte auf dem Testgelände in Nevada, die alternde Plutoniumproduktionskultur von Hanford, das Städtedreieck von Washington (Richland/Pasco/Kennewick), der Bombengarten von Alamogordo, New Mexico, und das Trinity-Testgelände in der Nähe, wo die erste Atomexplosion der Welt stattfand.

Die Haupttouristenattraktion von Los Alamos ist die Los Alamos Sales Company – wahrscheinlich das einzige Geschäft der Welt, das, wie Ed Grothus, der Besitzer, es nennt, »Atommüll« verkauft. (In Wirklichkeit werden dort nicht-radioaktive Reste aus dem Labor verscherbelt.) Der Firmensitz liegt auf einem wunderschönen, mit Gelbkiefern und Wacholdern betupften Berg und besteht aus einem Satteldachbau, der früher eine Kirche der lutherischen Synode Missouris war, und einem kleinen Supermarkt, dem Shop'n'Cart, der 1985 geschlossen wurde.

Ein Rundgang durch das Schwarze Loch, wie Grothus seinen Laden liebevoll nennt, ist wie eine Besichtigungstour durch ein Reich toter Technologien und toter Ideologie. Alte Schilder aus der Zeit, als sich hier noch ein Supermarkt befand, hängen immer noch an der abgesackten, wasserfleckigen Decke. Gang 2: Seife, Scheuermittel, Waschpulver, Weichspüler, Hundefutter, Katzenfutter. Jetzt findet sich in dem Gang ein Durcheinander von staubigen Petrischalen, Dichtungsmanschetten, Mikrofonen, Bohrern, Flüssiggaskartuschen, Behältern mit Widerständen, Vorverstärkern, Glasröhrchen, Unterdruckbehältern und Meßgeräten aller Art.

In der Kirche hängen vom Scheitelpunkt der Decke vier Lampen herab, die aussehen wie Noguchi-Skulpturen. Die Kanzel ist mit toten Addiermaschinen und Spannungsteilern vollgemüllt. Wo früher Kirchenbänke standen, liegt ein Bandnudelsalat schwarzer Multipair-Kabel von der Größe eines Toyotas. Das Gebäude ist übervoll mit Gehäusen von Amperemetern, Gleichstrommessern, Microfiche-Lesegeräten, Thermoelementen und Geräten zum Lochen von Papierstreifen. Kaputte Radioröhren, verlorene Umschalttasten, Drahtstücke, Nummernschilder, Transistoren, kleine Sprungfedern, Rostkrümel und Zahnräder liegen auf dem Boden herum. Honeywell hat offenbar stark von Los Alamos profitiert. Ebenso Union Carbide, Polaroid und Eastman Kodak. Einige der Produkte und ihre Namen und Hersteller wirken auf fast rührende Weise überholt, ausgestorben oder so gut wie ausgestorben:

eine Sprühdose von Chryo-Chem Inc., Carson, Kalifornien
ein Heiland Strobonar 91B
ein einphasiger Isoliertransformator von der Square D Co., Milwaukee, Wisconsin
ein Racal-Vacid VA3434
ein DT-360 von der Data Technology Corp.

In der Nähe der Hintertür liegt, von Tannennadeln bedeckt, eine Ausgabe der Zeitschrift *Datamation* vom Dezember 1975; daneben ein am 23. September 1980 aufgeschlagener Terminkalender, als sei das der Tag, an dem – wie in einem Science-fiction-Film – die Zeit stehengeblieben ist.

Los Alamos ist wie die meisten anderen städtischen Wirtschaftsräume, die von der Rüstungsindustrie leben, auf der Suche nach einer neuen Bestimmung. Und wie in so vielen anderen Städten aus der Ära des Kalten Krieges ist die Stimmung dort eher konservativ. Präsident Clintons Schwerter-zu-Pflugscharen-Rede fand 1993 in Los Alamos nur mäßigen Beifall. Um es mit Ed Grothus zu sagen: »Alle sind hingegangen, aber in Los Alamos hat Clinton nun mal nichts zu melden.« Santa Fe, fünfunddreißig Meilen südlich, gilt als ideologische und möglicherweise auch wirtschaftliche Bedrohung. New Age wird »njuidsch« ausgesprochen, so daß es sich auf *sewage* (Kloake) reimt. Der Witz *du jour* ist: Frage: Warum geht einer aus Santa Fe über die Straße? Antwort: Weil er ein Huhn channelt.

Der 94er *Visitor's Guide* der städtischen Handelskammer preist das Los Alamos nach dem Kalten Krieg zwar als ausgezeichneten Erholungs- und Fremdenverkehrsort an, doch die Stadt will sich diesem Bild nicht fügen. Man gewinnt den Eindruck, sie sei irgendwann zwischen dem Rosenberg-Prozeß und dem Jahr, als *Bewitched* abgesetzt wurde, erbaut worden, und dann sei die Zeit stehengeblieben. Typische Straßennamen sind Kristi Lane, Scott Way oder Tiffany Court. In Los Alamos gibt es praktisch keine architektonischen Spuren der 80er, nicht mal der ausgehenden 70er Jahre. Es liegt jedoch eine unterschwellige, Pynchon-mäßige Paranoia in der Luft. Die einheimischen High-School-Kids sprechen ganz selbstverständlich vom nahegelegenen »Acid Canyon«, angeblich eine illegale Giftmülldeponie, und über Cluster von Gehirntumoren und Leukämie. Auf den Ehrenabzeichen der Pfadfinder soll früher ein Atompilz abgebildet gewesen sein.

Doch derzeit ist Los Alamos im Umbruch. Ed Grothus, heute siebzig Jahre alt, beginnt damit, seine Lagerbestände aufzulösen, um andere Interessen verfolgen zu können, vor allem ein Museum des Atomzeitalters, in dem er die besten Stücke ausstellen will, die er im Laufe der vergangenen vierzig Jahre gesammelt hat.

Und die Lokalzeitungen waren voll von Meldungen über die Transparenz-Bestrebungen der Energieministerin Hazel O'Leary. Bei Experimenten in Los

Alamos schluckten oder inhalierten in den 50er und 60er Jahren, wie erst kürzlich bekannt wurde, Menschen, auch Kinder, radioaktive Substanzen, damit Wissenschaftler untersuchen konnten, wie diese vom Körper absorbiert werden: Jod von der Schilddrüse, radioaktives Uran und Mangan gelangen eingekapselt in den Verdauungstrakt und werden dort absorbiert, und zum Abendessen gab es radioaktives Zink, Tritium und Cäsium. Und die Maschinen, die diese Kapseln, Pulver, Gebräue und Lotionen – all diese entsetzlichen Snacks – herstellten, stehen jetzt aller Wahrscheinlichkeit nach irgendwo still im Schwarzen Loch, bedeckt von Staub und Perlit, für immer in einer Art *Unsere-kleine-Stadt*-mäßigem Todestraum gefangen, einem Traum von den Hetzreden der McCarthy-Zeit, von Eigenheimsiedlungen, von Hunden im Weltall und von jenem einen hellen Licht, das soviel Vergessen möglich machte.

NO TURN ON RED
SPEED LIMIT
25

20

Washington, D.C.: vier Mikrostories, Super Tuesday 1992

01
JEDER HAT
AIDS

Kyle liebt den Geruch seines Zeigefingers. Er schnüffelt daran, während er mit seinem Jeep sanft gegen den Taurus mit dem Diplomatenkennzeichen prallt, der hinter ihm parkt.

»Das nenne ich Parken nach Gehör«, erklärt er Laura, die bereits mit der rechten Hand nach dem Türgriff langt, während sie mit der linken fest ihren schwarzledernen Diplomatenkoffer umklammert. »Hey«, fährt Kyle fort, »vielleicht sollte ich versuchen, die Detroit-Lobby dafür zu gewinnen, Spikes auf die Stoßstangen zu schweißen. Was meinst du, Laur?«

»Ich meine: Gute *Nacht*, Kyle.« Laura schwingt ein Bein aus der Tür. Es ist nicht zu übersehen, daß sie es kaum erwarten kann, in ihr Wohngemeinschaftsloft zu flüchten. Das Brownstone, in dem sie hier in Georgetown wohnt, liegt in Spuckweite. Zu ihrer Beunruhigung stellt Kyle den Motor aus.

»Junge, Junge, bin ich froh, daß wir aus dieser Spelunke raus sind, Laur. Das war ja wohl wie in *Mars Needs Women*, was?« Kyle meint das Restaurant, das sie vorhin verlassen haben, eine ziemlich leere Yuppie-Hölle am Dupont Circle. Das Essen war falschgeschrieben französisch, und das Unterhaltungsprogramm bestand in einem mißgelaunten Trio arbeitsloser tschechischer Knetfiguren-Animationskünstler, die lustlos »Freude schöner Götterfunken« auf den Rändern halbgefüllter Kognakschwenker quietschten. Auch Kyle, wie Laura aus Yell County, Texas, PR-Berater für Politiker und Sohn des Partners von Lauras Vater, trug beim Essen zur Unterhaltung bei, indem er Laura ein Bündel Fünfziger zeigte, die mittels eines Filzstifts in einen Daumenkinofilm mit kopulierenden Eidechsen verwandelt worden waren. »Diese Scheine verteilen wir an Zielgruppenangehörige«, sagte Kyle und ließ das Geld durch seine Finger rascheln. »*Glaub* mir, der Zielgruppenfünfziger ist der wahre Treibstoff im Motor der Konsumdemokratie.«

Laura sagte: »*Rei*zend«, und zog sich in ihren moralisch überlegenen Dämmerzustand zurück. Sie ist zweiundzwanzig und hat bereits ein abgeschlossenes Politikstudium am Williams College hinter sich. Jetzt verdient sie auf der untersten Stufe der Karriereleiter im Büro ihres örtlichen Senators 17000 im Jahr und kann es sich nicht leisten, jedes Wort auf die Goldwaage zu legen. Sie findet Kyles Amoralität abscheulich. Ein Beispiel: Beim Essen merkte sie an, daß ihr Kapaun in Estragonsauce wohl nicht mehr ganz frisch sei. »Kommt bestimmt von der Mafia«, sagte sie, während sie die Sehnen auseinanderpulte. »Warum geht die Regierung nicht schärfer gegen den Mob vor? Der stellt doch zumindest eine Gefahr für die Gesundheit dar.«

»Hey, Babe«, erwiderte Kyle, »Die Regierung haßt den Mob, weil er keine

Steuern zahlt, nicht weil er böse ist. Aber es ist süß, wie sentimental du bist.« Er sog eine Schnecke aus ihrem Haus und lächelte Laura an: »Weißt du, Laura Warshawski, George Washington war Pole und hatte rote Haare, genau wie *du*. Ich schätze, dir steckt die Demokratie in den Genen.«

Dann fuhr Kyle fort zu erzählen, wie seine Firma nach Möglichkeiten sucht, einen neuen Kunden, einen Senator mit mehreren Ressorts, dessen Karriere durch angebliche Weibergeschichten ins Schlingern geraten ist, fotografisch ins rechte Licht zu rücken. »Das Übliche, du weißt schon: Süßholzraspelnd beim Kaffeeklatsch in der Cafeteria einer Flugzeugfabrik ... mit einem Crack-Baby auf dem Arm ... mit bankrotten Hirsebauern, mit denen er Baseballkappen-Haltegummis schnalzen läßt. Du würdest staunen, wie viele Vielfliegermeilen ich dadurch zusammenkriege. *Ooh* ... da kommt der Dessert-Wagen.«

Jetzt, vor Lauras Brownstone, ist ihr »Date« beinahe vorüber. Sie steht in einem Müllbukett an der Straße und bedeutet Kyle, er möge in seinem Fahrzeug bleiben. Die wohlerzogene Befangenheit, die ihr bisher den Mund verboten hat, ist für einen Moment außer Kraft gesetzt. Sie hält inne; jetzt ist ihre Chance gekommen, einen Treffer zu landen. »Hey, Kyle, sag mal: Gibt es irgend etwas, woran du glaubst? *Irgend*was?«

»Glauben?« fragt Kyle – wie ein Weihnachtsmann, der in einem Einkaufszentrum mit einem Kind spricht –, beugt sich kühn herüber und greift nach Lauras Hand.

»Na ja« – sie hält ihn streng fest, wie eine Mutter, die ihrem unartigen Kind ins Gewissen redet – »etwas, wofür du *kämpfen* würdest. Etwas, das dir wichtiger ist als du selbst.«

»Zum Beispiel?«

»Zum Beispiel bessere Bildungschancen ... Gesundheitsfürsorge ... sich für Obdachlosenunterkünfte stark machen ... sich für die AIDS-Forschung stark machen ...« Während sie spricht, merkt Laura, daß ihr die erstaunlich rauhe Beschaffenheit von Kyles Handfläche und die Art, wie er sanft mit seinem duftenden Zeigefinger die Unterseite ihres Handgelenks streichelt, gefällt. Sie ist überrascht, als er sie plötzlich losläßt, lacht und sich in den Jeep zurücklehnt.

Er dreht den Schlüssel, und der Motor gibt ein mahlendes Geräusch von sich; Kyle macht eine saure Miene, betätigt noch einmal die Zündung und sagt zu Laura: »Sich stark machen – sich stark machen – sich *stark* machen. Schatz, du bist eben noch neu in D.C. Du hast doch keine Ahnung. Ruf mich in zehn Jahren mal an.«

Er drückt den Knopf des Autoradios, löst damit eine Metallica-Explosion aus, und bevor er auf die Wisconsin Avenue hinaussaust, sagt er durch den Lärm hindurch so nachdenklich, wie es sonst gar nicht seine Art ist: »Baby, *jeder* hat AIDS.«

02 GELD IST ENERGIE

Tim ist ein cleverer junger Mann mit hohem IQ. Na ja, *eigentlich* hat Tim noch nie einen richtigen Intelligenztest gemacht. Vielmehr hat er heute morgen auf der Fahrt von Fairfax den Intelligenztest zum Selbstauswerten in der Zeitschrift *Omni* ausgefüllt. Und er hat gemogelt. Aber nichtsdestotrotz ist Tim ein schlaues Kerlchen.

Tim hat sich als Schwachpunktberater spezialisiert. Wenn du ein aufstrebender Politiker bist, engagierst du Tim, und der tut dann so, als sei er der *National Enquirer.* Er recherchiert in deiner Vergangenheit herum und findet deine »empfindlichen Stellen« heraus: den Joint, den du in der elften Klasse geraucht hast; deine Tochter, die einer Motorrad-Gang angehört; das Techtelmechtel, das du an jenem endlosen Sitzungswochenende in Sacramento hattest. Für ein Zusatzhonorar hilft Tim dir, diese Schwachstellen zu vertuschen.

Wie die meisten Berater, die von der derzeit florierenden Welt der Polit-Technologie profitieren, empfindet Tim eine quasi religiöse Verehrung für Statistiken. Er weiß, wie man beeinflußbare Sektoren des, wie er es nennt, »anthropoiden Bodensatzes der Bevölkerung« via Fernsehen gezielt mit Informationen versorgt; er kann Statistiken über Fernsehgewohnheiten mit Statistiken über Wählerverhalten verschmelzen. Er ist stolz darauf, nicht bloß ein achtundzwanzigjähriges Burnout-Opfer vom Hill zu sein.

Tims Arbeit hat viele Gesichter. Heute morgen hat er zum Beispiel in seinem Büro in Virginia 1500 $ verdient, indem er mal wieder einem telegenen Kanditaten half, seine Einschaltquoten zu steigern. In der mit einem TelePrompTer ausgestatteten Nachbildung eines Fernsehstudios verriet Tim »Mr. Leadership« (der Spitzname der Mitarbeiter für alle Kandidaten) alle Tricks und Kniffe für das Sprechen vor der Fernsehkamera. »Energie! Energie!« zischte er im Regieraum ins Mikrofon. Jetzt ist er heiser.

Danach, als er ungefähr um zwölf das Büro verließ, um nach D.C. zu fahren, äußerte sich Shawna am Empfang ein wenig besorgt darüber, daß »diese ganze Wahl-Chose« dem Filmgeschäft immer ähnlicher würde.

»Tja, wenn das so ist«, entgegnete Tim, »gibt es nur eins.«

»Und das wäre?« fragte Shawna.

»Öfter ins Kino gehen.«

Und Tim nahm sich beim Wort; er ließ einen Nachmittagskurs sausen und ging sich statt dessen *Fantasia* anschauen.

Nach dem Film hat er noch einen kurzen Spaziergang gemacht und steht jetzt auf einem Gehsteig an der New Hampshire Avenue, wo er leicht berauscht von der Schönheit *Fantasias* und dem nährstofflosen Multiplexfraß versucht, ein Taxi heranzuwinken. Neben ihm liegen, eingezäunt von gelbem Plastik-Absperrband, drei rost-orange Erdhaufen, die Bauarbeiter ausgehoben haben, um Kanalisationsrohre zu ersetzen. Die Bauarbeiter sind momentan verschwunden, aber Tim sieht die Werkzeuge, die sie zurückgelassen haben, in den drei kegelförmigen Haufen ausgehobener Erde stecken, die in der Spätnachmittagssonne wie Bernstein schimmern – Erde, die erstmals vor Hunderten von Jahren, bei der Geburt der Nation, ausgehoben und dann wieder untergegraben wurde.

Tim inspiziert den Boden genauer, in der Hoffnung, Flaschen und anderen antiken Müll zu finden. Ihm fällt ein Gespräch ein, daß er für morgen in Manassas, Virginia, mit der verarmten Ex-Geliebten eines gewissen Senators arrangiert hat, und er spricht ein kurzes Memo dazu auf seinen Aiwa-Taschenrecorder.

Tim tätschelt den Recorder in seiner Brusttasche und fährt fort, die exhumierte Washingtoner Erde zu untersuchen, die Erde aus den Tiefen der Stadt. Zwischen den verrosteten Abwasserrohren entdeckt er Gegenstände, manche schmutzverkrustet, manche nicht: alter Müll; vielleicht ein alter Schuh, vergammelte Telefone; verrottete Erfindungen; die Dinge aus unserer Vergangenheit; die Dinge, die wir für vergänglich hielten; und bestenfalls vielleicht ein paar Münzen.

03
GEHORSAM IST
KEINE TUGEND

Matthew hat sich den Kopf kahlgeschoren, um seiner Solidarität mit seinem Freund Chester Ausdruck zu verleihen, der vor vier Tagen eine Chemotherapie begonnen hat und bald all seine Haare verlieren wird. Chester war so dumm, Magenkrebs zu bekommen, ohne krankenversichert zu sein, und hängt nun in einem Krankenhauszimmer in Bethesda, Maryland herum, trinkt mit Nestlé Quik vermischten Bariumsulfat-Schleim und macht sich Gedanken über seinen bevorstehenden Rauswurf aus der Klinik.

Der sonst so apathische Matthew hat anläßlich Chesters gesundheitlicher Krise noch etwas anderes in seinem Leben verändert – er hat sich entschlossen, sich als Wahlhelfer zu melden. Das kam so: Matthew hatte sich in einem Telefonat mit Chester über die Regierung und das ganze unbarmherzige, geldfixierte System ereifert.

Nestlé®
Quik®
Real Chocolate Flavor
NET WT 16 OZ (1 LB) (454g)

Als er fertig war, trat eine längere Pause ein, und dann sagte Chester, der in Bethesda am anderen Ende der Leitung bis dahin geschwiegen hatte: »Okay, du Lahmarsch, sitz ruhig weiter auf deinem Hosenboden und warte darauf, daß dir die perfekte Universaltheorie zur Heilung sämtlicher Wehwehchen dieses Landes einfällt. Aber bis dahin ist die reale Welt im Eimer. Hey, ich mach dir 'nen Vorschlag – warum gehst du nicht los und machst *ein*mal was wirklich Politisches – okay, *Alter?* Meine Zeit ist ja jetzt offenbar begrenzt, und da bringt's dieses Rumgejammer irgendwie nicht mehr. Wie auch immer, in fünf Minuten krieg ich einen Einlauf, und die brauch ich auch, um mich darauf einzustellen. Bis dann.«

Klick.

Matthew kann verstehen, wieso Chester seit der Diagnose so hart geworden ist. Im Bemühen, politisches Engagement zu zeigen, ist er als freiwilliger Mitarbeiter in der temporären Außenstelle eines Präsidentschafts-Vorwahlkanditaten gelandet, die ihr Quartier in einem vorstädtischen Einkaufszentrum in Rockville, Maryland, zwischen einem Sock Shop und einem Steakhaus in einem pleite gegangenen Möbelladen aufgeschlagen hat. Auf seinem Platz zwischen lauter Samsung-PC-Monitoren auf Klapptischen, Megaphonen, wirren Telefonkabelpasta, abgetrennten Druckerpapierrändern und dem klaustrophobischen Geruch dünnen Kaffees reibt er sich nun seinen stachligen Schädel. Über ihm hängt ein Poster, auf dem mit Filzstift geschrieben steht KEINE PLAKATE AN BÄUME TACKERN.

Als Matthew vor ein paar Tagen zur Arbeit antrat, warfen die verantwortlichen Organisatoren, auf merkwürdig sektenhafte Weise energiegeladene junge Männer, die prinzipiell auch im Büro ihre Sonnenbrille aufbehalten, einen Blick auf Matthews Haarlosigkeit, seine zerfetzten Jeans und sein VISUALIZE IMPEACHMENT-T-Shirt und verfrachteten ihn demonstrativ in den letzten Winkel des Büros.

»Du kannst dabei helfen, die visuelle Präsenz zu überwachen«, sagte ihm ein fitneßstudiogestählter Bürovorsteher namens HI ICH BIN BROCK in dem typischen marineblauen Dreiteiler, den alle jungen, ehrgeizigen Menschen tragen.

»Visuelle Präsenz?«

»Plakataufsteller«, sagte HI ICH BIN BROCK und deutete auf einen offensichtlich wenig geliebten Stapel Kiefernholzpflöcke und Pappschilder, auf denen idiotische Slogans standen.

Dann wurde Matthew auf dem ihm zugewiesenen Posten sich selbst überlassen, neben der kettenrauchenden Grace, die schon ein halbes Dutzend Wahlkämpfe mitgemacht hatte, jetzt auf einer Landkarte den Maryland-Panhandle mit einem Textmarker umrahmte und ihn tröstete: »Aufsteller machen heutzutage nicht mehr viel Arbeit. Durch das Fernsehen sind sie hinfällig geworden. Die Kinder schmeißen sie sowieso bloß in den Rinnstein« – kurze Pause – »darf ich mal deinen Kopf anfassen?«

Vorn sitzen die jungen Polit-Arbeiter, die eher gewillt sind, politisches Verhalten überzeugend zu simulieren. Dort, vor den schmutz- und sonnengestreiften Fenstern, sieht Matthew die bislang von jeglichem Kummer verschonten Einundzwanzigjährigen, die eifrig dabei sind, eine politische Komponente in ihren Lebenslauf einzubauen; er sieht die schmuddeligen Telefonjunkies aus New York, die mit der Amtrak von New Hampshire nach Maryland gekommen sind; er sieht, wie Jungs in Anzügen und mit Ray-Bans überschwenglich die Lokalpolitiker begrüßen, die zu Besuch kommen; er sieht High-School-Kids, die hirnlos den Chauvinismus ihrer Eltern nachplappern, während sie DIN-A4-formatige Blätter mit Zitaten des Kandidaten zusammenstellen.

Dort im hintersten Winkel des Büros ist Matthew schnell in seinen typischen gedankenlosen, schläfrigen Rhythmus verfallen. Verblüfft und zugleich voller Verachtung stellt er fest, wie schnell seine Bemühungen, aktiv an der Demokratie mitzuwirken, bis zur Bedeutungslosigkeit verkommen sind. Hin und wieder spricht ihn einer der jungen Ray-Ban-Typen an, der schnell etwas über eine Plakatladung für die Bezirke Wicomico oder Anne Arundel wissen will. Matthew rechnet jeden Moment damit, daß Grace ihm anvertraut, wie sie einmal von einem UFO entführt wurde – oder ihm eine weitere abgestandene Delikatesse aus der größtenteils bei Circle K gekauften Kollektion auf ihrem Schreibtisch anbietet. Aber die meiste Zeit wird Matthew vergessen.

An seinem dritten Tag ruft Matthew Chester an und erstattet ihm einen Zwischenbericht. »Hey, Chess, ich versuch's ja, aber es ist hier irgendwie blöd und sinnlos. Wenn man's recht betrachtet, gibt es allerdings heutzutage auch kaum noch Möglichkeiten, in der Politik mitzumischen. Irgendwelche neuen Ideen?«

»Tja, Alter, das System kann ja nicht ewig so starr und einseitig bleiben. Irgendwo muß es sich einfach ändern. Guck dir doch mal diese schlauen Russen an.«

»Ich weiß nicht, Chess. Zwei identische Parteien, die ohne jede Alternative gegeneinander antreten – das ist wie eine Disney-Version von Demokratie. Wie soll man sich denn gegen einen Cartoon zur Wehr setzen?«

Matthew gähnt. Er hat letzte Nacht schlecht geschlafen, weil er sich Sorgen wegen Chester gemacht hat – und wegen seines Ausbildungsförderungsdarlehens und seiner bisher fruchtlosen Jobsuche. Seltsam, denkt er, daß all die alten Voraussetzungen für beruflichen Erfolg – Bildung, Kenntnisse auf möglichst vielen Gebieten, Gewandheit im Umgang mit Texten und Zahlen – mittlerweile für nichts mehr garantieren. Außerdem hat er heute morgen das Frühstück ausgelassen und zu Mittag nur ein Snapple zu sich genommen. Deshalb ist er heute nachmittag besonders müde. Nach dem Telefonat mit Chester schiebt er seinen Stuhl zurück und schließt die Augen.

Sein Magen knurrt, sein Kinn gräbt sich in sein Brustbein, und er trudelt in einen Tagtraum. Eine Geschichte fällt ihm ein, die er gelesen hat, als er noch klein war, eine Geschichte über ein paar Kinder, die bei einer Führung durchs Weiße Haus den Anschluß verlieren und sich verlaufen – Kinder, die durch die dunklen, stillen Korridore des Gebäudes streifen. Hin und wieder wird Matthew aus seinem Traum gerissen, weil jemand quer durchs Büro ruft: »Stoßzeit auf der Chesapeake Bridge, 6000 Autos pro Stunde, also macht die Anzeige klar!« und »Wir müssen schnell Leute zusammenkriegen – der Channel-Eleven-Ü-Wagen soll um drei bei der Demo der Farmer sein.«

Aber Matthew kehrt in Gedanken schnell wieder zu der Geschichte aus seiner Kindheit zurück: die einsamen Kinder, die steile Treppen emporsteigen, sich fragen, wo der Präsident ist, durch Türspalten lugen, die Schritte von dicken Teppichen gedämpft.

Als Matthew noch klein war, wußte er, daß die Kinder einen Ausweg aus dem Weißen Haus suchten – darum ging es in der Geschichte: *Abhauen*. Aber jetzt versuchen die Kinder in seiner Vorstellung nicht mehr, nach draußen zu gelangen. Sie stoßen vielmehr immer tiefer in die Stille des Weißen Hauses vor, hinter seine goldenen Verzierungen, in die holzvertäfelten Wände hinein, die Unmengen von Spiegeln und Kabeln der Überwachungskameras. Jetzt haben die Kinder Kerzen in der Hand und Taschenlampen und Werkzeuge, mit denen sie verriegelte Türen aufbrechen, Löcher in Wände schlagen und Schlösser durchsägen. Auf der Suche nach Essen.

04
UNSER VERMÖGEN ZU VERGESSEN IST ERSCHRECKEND

Juanita hat das Büro des Nachrichtensenders am frühen Nachmittag verlassen, angeödet von den vorfabrizierten Nachrichten über vorfabrizierte Kandidaten. Es ist Frühling! Sie will ein bißchen die spießige Touristin spielen – auf der Washington Mall spazierengehen und sich die Sehenswürdigkeiten anschauen. Dabei hört sie im Geiste die ehrgeizige spanische Stimme ihrer Mutter, die sie fortwährend drängt, sich ins Zeug zu legen, vorwärtszustreben, damit Juanita nicht so endet wie *sie*. Ihr schlechtes Gewissen verleiht dem gestohlenen Nachmittag zusätzliche Würze. Sie zieht ihren Blazer aus und legt ihn sich über die Schulter.

Was für ein Land. Juanita erinnert sich, wie sie mit acht Jahren hierherkam, dem Ersticken nahe unter einer Wagenladung roter Paprikaschoten begraben, die in Nogales die Grenze nach Arizona überquerte. Sie erinnert sich, wie sie noch am gleichen Tag in einem Drugstore ein Zitroneneis aß und eine Frau mit blonder Bienenkorbperücke und einem Hängerkleid durch die sauberen, stillen Gänge des Ladens schlendern sah. Sie erinnert sich an reinrassige Hunde und Ständer mit Puppen und Werbeschilder für Cocktails. Sie erinnert sich an eine Skateboard-Gang vor dem Einkaufszentrum, die ihr ihr erstes englisches Wort beibrachte: »cool«.

Damals schon war sie erstaunt darüber, wie wenig Mühe ihre neue Staatsangehörigkeit machte: Es genügte ganz einfach, da zu sein und einen Schuß Enthusiasmus mitzubringen. Und diese Unkompliziertheit hat sie nie vergessen – den ruhigen Überfluß, der ihre Wurzeln nährt – die Klimaanlagen, das Tierfutterregal, die coole Blonde.

Zwei Jahrzehnte und einen Abschluß an der Universität Stanford später schaut Juanita Joggern zu, die am Bassin zwischen dem Lincoln Memorial und dem Washington Monument entlanglaufen. Sie schnappt Gesprächsfetzen auf – das Übliche: »Das Problem dieses Landes ist, daß den Leuten alles ziemlich egal ist.« Bla bla *bla*.

Als frischgebackene Nachrichtenmoderatorin kommt Juanita nicht umhin zu bemerken, daß ein wenig mehr Gezeter über irgendeine nationale Malaise als sonst in der Luft liegt. Vielleicht ist es ja *jedes* Wahljahr so. Und da sie beim Fernsehen ist, weiß Juanita, daß gewisse Leute stark davon profitieren können, wenn sie solche negativen Ansichten propagieren. Doch sie hört dieser Tage aus den Gesprächen der Menschen noch etwas anderes heraus – eine Sorge, daß etwas Kostbares, für das es keinen Namen gibt, langsam in Vergessenheit gerät – das Wissen um die Formel für den unsichtbaren Kitt, der die Nation zusammenhält, der die Nation daran hindert, in tausend Stücke zu zerspringen.

Welches sind die Ingredienzien dieses Kitts? Die Lieder, die wir als Kinder sangen? Die Bilder der Gründerväter, die die Wände unserer Klassenzimmer zierten? Der Drang, Landbesitz zu kaufen und zu verkaufen? Urlaub in Florida? Campbell's-Suppe? Mobile Homes? Es ist, als spüre die Nation, daß sie sich am Rande einer Massenamnesie befindet, und als mache ihr eben diese Fähigkeit zu vergessen angst.

Doch diese Thesen sind Juanita ein wenig zu theoretisch. Anders als ihre Mitbürger hat sie einfach nicht das Gefühl, etwas verloren zu haben. Von dem Moment an, als sie in Nogales in das Zitroneneis biß, hat sie sich als Amerikanerin gefühlt, und sie fragt sich, wie es kommt, daß man so ein unkompliziertes und wundervolles Gefühl wie die amerikanische Staatsbürgerschaft so einfach vergessen kann – als würde man sein Geschlecht vergessen.

Sie geht über das so früh im Jahr noch ungemähte Gras hinüber zum Vietnam Veterans Memorial, diesem in den Rasen geschnittenen V aus schwarzem Marmor. Es ist zwar eine Binsenweisheit, aber trotzdem wahr, daß man jahrelang in einer Stadt leben kann, ohne die Dinge zu sehen, die selbst Touristen, die nur auf der Durchreise sind, sich anschauen.

Juanita bewundert die Schlichtheit des Vietnam-Denkmals und schließt sich den Menschenschlangen an, die davor auf und ab gehen. Sie blendet die Geräuschkulisse aus. Ob das nun Leute sind, die ihr Gesicht aus den *News at Six* kennen oder nicht, darauf achtet sie schon lange nicht mehr. Sie konzentriert sich lieber auf die in den Marmor gemeißelten Namen – amerikanische Namen wie die der Jungs in Stanford, CHRIS und DONALD und SCOTT und NORMAN. Mit ihren makellos manikürten und lackierten Nägeln zeichnet sie einige Buchstaben nach. Zu ihren Füßen liegen Rosensträuße und Darbringungen in Form nicht abgefeuerter Feuerwerkskörper und in amerikanische Flaggen eingewickelter kleiner Päckchen, die nie jemand öffnen wird.

Eine Hand berührt ihre Schulter. Juanita dreht sich um und sieht sich einer älteren Frau in einer gelbbraunen Hose gegenüber, die ihre Haare unter einem roten Schal auf Lockenwickler gedreht trägt. In der Hand hält sie einen kleinen Strauß blauer Nelken. Sie sagt zu Juanita: »Ich kenne Sie. Sie sind die Dame aus dem Fernsehen.«

Juanita sagt: »Guten Tag«, nickt höflich und richtet den Blick wieder auf den schwarzen Marmor. Doch die Frau stupst sie noch einmal an und sagt: »Ich möchte Ihnen eine Blume schenken, Fernseh-Lady.« Und so läßt Juanita sich von der Frau eine Blume schenken. Da umklammert eine jüngere Frau, ohne Frage ihre Tochter, deren Schultern und bittet Juanita mit den Augenbrauen um Entschuldigung. Einen Augenblick später schiebt die Tochter ihre Mutter weiter am Memorial entlang.

Juanita beobachtet die beiden und bewegt sich leise die leichte Schräge hinab auf sie und den Scheitelpunkt des V zu. Dort sieht sie, wie die ältere Frau den Stein mit den Händen berührt. Zweifelsohne reibt sie über den Namen ihres Sohns, der dort eingemeißelt ist. Juanita schlendert näher heran, woraufhin sie die Tochter sagen hört: »Mom – hör auf, mit deinem Spiegelbild zu spielen. Davids Name steht hier oben. Mom – Davids Name steht hier *oben.*«

»Oh«, sagt die ältere Frau. »Wer ist David?«

Teil drei

NOTIZEN AUS BRENTWOOD
A DAY IN THE LIFE

4. August 1994

875

MORGENS

Brentwood, Kalifornien, 35798 Einwohner, ist der Bezirk von Los Angeles, in dem Marilyn Monroe vor zweiunddreißig Jahren, in den frühen Abendstunden des 4. August 1962, auf so umstrittene Weise gestorben ist. Brentwood ist auch das psychologische Zentrum der O.-J.-Simpson/Nicole-Brown-Saga, irgendwann zwischen 22.00 Uhr und 23.00 Uhr am 12. Juni 1994.

Eigentlich gibt es Brentwood gar nicht. Es ist ein hügeliger, von Canyons durchzogener Vorort von Los Angeles – eine Postleitzahl: 90049. Briefe, die nach Brentwood geschickt werden, gehen zurück an den Absender. Etwa 250 Briefe pro Tag landen in der kleinen nordkalifornischen Stadt Brentwood, Postleitzahl 94513.

Brentwood könnte mehr als nur die Postleitzahl 90049 sein, nämlich eine richtige eigenständige Stadt, wäre da nicht das Problem mit dem Wasser gewesen.

Im Juni 1916 unterschrieb Brentwood ein Abkommen mit der City of Los Angeles, gemäß dem der Ort ständig frisches Wasser über William Mulhollands 250 Meilen langen Owens Aquädukt erhielt. Als Gegenleistung mußte Brentwood sich eingemeinden lassen. Brentwoods Grundstückswerte stiegen, und L.A. gewann ein Gebiet von etwa 50 Quadratmeilen hinzu. Beverly Hills und Santa Monica blieb ein solcher Deal erspart, weil sie genug eigenes Quellwasser hatten, um sich nicht von Los Angeles einverleiben lassen zu müssen.

Am Tage ist Brentwood fast ausschließlich eine Stadt der Frauen, junger wie alter, die sich auf eine kurze Ladenzeile am San Vicente Boulevard konzentrieren. Da sind Frauen, die sich mit gutaussehenden hoffnungsvollen Schauspielern schmükken, und durchtrainierte Schauspielerinnen, die zwischen Castings und dem Fitneßcenter hin- und herflitzen. Es ist ein Seifenoperntenterrarium voller posthumaner, panthergleich im Boudoir von der Leine gelassener Objekte der Begierde. Die Arbeitsbienen befinden sich auf der anderen Seite der Interstate 405 in der City, in Santa Monica oder im Valley – bei ARCO, Disney, The Prudential, der Security Bank, RAND, Lorimar, der UCLA und der Jon Douglas Realtors Company. Brentwood wirkt wie eine Zukunftsutopie der 70er Jahre, die in ihrem Kern ein Geheimnis birgt, das schön oder unschön sein mag, auf jeden Fall aber streng bewacht ist. Wie Palm Springs stellt Brentwood eine Spielart einer alternativen Zukunft dar, die vielleicht eingetreten wäre, wenn man nicht gewisse Faktoren beharrlich außer acht gelassen hätte, einer Zukunft, die täglich weniger wahrscheinlich scheint.

Brentwood strahlt eine Stimmung aus, die möglicherweise der Differenz zwischen seinem Selbstverständnis (ein irdisches Nirwana: Besser leben durch Sex, Geld, Ruhm und Infrastruktur) und der Realität entspringt. Man spürt hier deutlich die

Aura einer Stadt, die die Krise des Weltlichen verkörpert. Diese wiederum wurzelt offenbar zum Teil in einer Krise unserer gesellschaftlichen Leitbilder des Ruhms, des Körpers – und unseres Traums davon, wie wir unser Leben am liebsten leben würden. Die Gegend hier hat etwas von einem Exil: Bermuda in den 40er Jahren; der Herzog von Windsor, halbverrückt vor Langeweile. Der ungeklärte Mord an Harry Oakes. In den frühen Jahren herrschte in diesem Vorort eine gewisse Anglophilie.

Fünf Meilen den Santa Monica Boulevard in Richtung Osten hinunter steht der Zwillingsturm des ABC Entertainment Centers in Century City. Diese Türme und dazu der Ozean im Westen, verbunden mit den Canyons der Santa Monica Mountain Range, verleihen Brentwood den Charakter einer geographischen »Örtlichkeit«.

F: Was für Leute wohnen in Brentwood? Reiche? Neureiche? Leute von den Inseln vor der Küste? Alte Schachteln aus dem Mittelwesten? Angehörige der Mittelklasse, die in der Flugzeugproduktion arbeiten und um alles in der Welt ihre Jobs behalten wollen? Hungrige junge TriStar-Manager? Angie Dickinson? Geschiedene? Rentner an der Armutsgrenze? Fitneßfreaks? Seifenopernkomparsen?

A: Genau die.

Brentwood ist kein Ort, an dem man dynastische Wurzeln schlägt. Diese Gegend taugt nicht als Heimat. Kaum jemand würde in einem nordamerikanischen Vorort seinen Kindern ein Tara vererben. Die Menschen kamen zwar nach Brentwood, um eine Familie zu gründen und Kinder großzuziehen, aber das endete meistens mit Scheidung, Zerfall der Familie, Verkauf des Hauses und Umzug. So läuft das nun mal in der Vorstadt; Brentwood ist da keine Ausnahme: Die Kinder werden groß und gehen aus dem Haus; die Eltern ziehen nach Newport, Santa Barbara oder Connecticut.

Familien kommen und gehen. Brentwood entwickelt sich mehr und mehr zu einem Bezirk für zweiatomige berufstätige Paare mit hohem Einkommen. Die Haushaltsmoleküle werden immer kleiner, reicher und älter. Hierher zieht niemand mehr, um Bradys zu züchten.

Früher wohnten »Talente« ausschließlich in Bel Air, Hollywood und den Canyons. In den letzten Jahren haben sie sich vermehrt in Brentwood angesiedelt, auf der Suche nach Unsichtbarkeit, nach Ungestörtheit.

Hier ist man der Überzeugung, daß »Talente« am liebsten im »mediterranen Stil« wohnen. Autoren und Leute aus der Filmproduktion bevorzugen Häuser im Tudor-Stil, Überbleibsel der Anglophilie im L.A. der Jahrhundertwende.

EHRENBÜRGERMEISTER VON BRENTWOOD

(20 mal 25 Zentimeter große Hochglanzfotos, ausgehängt in der First Interstate Bank, 11836 San Vicente)

1968	Lloyd Nolan
1970	Fred MacMurray
1971	Phyllis Diller
1974	Lorne Greene
1976	Sandy Duncan
1978	John Forsythe
1981	Tony Franciosa
1985	Mark Harmon
1986	John Saxon
1992	Sally Struthers

Prominente, die in der 460 Häuser umfassenden Nachbarschaft O. J. Simpsons in Brentwood Park wohn(t)en

Julie Andrews, Roseanne, Gary Cooper, Joan Crawford, Angie Dickinson, Phyllis Diller, Clark Gable, Judy Garland, Tom Hanks, Paul Henreid, Betty Hutton, Hope Lange, Angela Lansbury, Cloris Leachman, Fred MacMurray, Mike Ovitz, Gregory Peck, Michelle Pfeiffer, Dennis Quaid, Claude Rains, Rob Reiner, Richard Riordan (Bürgermeister von L.A.), Meg Ryan, William Saroyan, Jimmy Stewart, Meryl Streep, Shirley Temple

Aus *City of Quartz* von Mike Davis: *»Community« heißt in Los Angeles Homogenität von Rasse, Klasse und besonders Marktwert des Hauses. Community-Bezeichnungen – das heißt die Straßenschilder, die überall in der Stadt Gegenden als »Canoga Park«, »Holmby Hills«, »Silverlake« usw. ausweisen – haben keine rechtliche Bedeutung. Letztlich sind sie nur Gefälligkeiten, die Mitglieder des Stadtrates gutorganisierten Stadtteilen oder Gruppen von Geschäftsleuten erweisen, die ihr Viertel kenntlich machen möchten.*

Es ist fast unmöglich, jemanden zu finden, der weiß, wo Brentwood beginnt und wo es aufhört, als ob es die Grundstückswerte gefährden würde, wenn über die Grenzen Klarheit bestünde. Der leisteste Hauch von Unattraktivität kann in einem Viertel mit einer derartigen Fluktuation wie Brentwood, wo mehr als 80 Prozent der Bevölkerung nach 1980 zugezogen sind, den Wiederverkaufswert von Grundstücken beträchtlich beeinflussen.

Nur eine mit Buntstiften markierte U.S.-Post-Office-Karte in der Barrington Station gibt eindeutig Auskunft. Brentwood (oder vielmehr *90049*) ist ein wie hingekritzelt aussehendes, Vermont-förmiges Rechteck, im Süden begrenzt von Wilshire, Centinella und Montana Boulevard sowie der 26. Straße, im Osten vom Gelände der American Veterans Association, dem Freeway 405 und dem Sepulveda, im Norden vom Mulholland Drive und im Westen von der Sullivan Canyon Fire Road.

Eigentlich gehört auch der Los Angeles National Cemetery östlich der 405 zu Brentwood – der Arlington-Friedhof des Westens – ebenso wie Teile von Bel Air, wenn auch die Bewohner Bel Airs sich bis aufs Messer dagegen wehren würden, dies anerkennen zu müssen.

Der Name Brentwood klingt paradoxerweise eher nach einem Einkaufszentrum. (Es sind keine Zeugnisse darüber gefunden worden, wie dieser Name entstanden ist; 1907 war er plötzlich *ex vacuo* da.) In Brentwood gibt es jedoch keine Einkaufszentren – jedenfalls nicht die typischen doppelt verankerten Malls der Randgemeinden mit ihren 3000 Parkplätzen. Allerdings liegt an der Ecke Barrington/San Vicente eine Mini-Mall, in der man Litographien von Francis Bacon kaufen kann; an der Böschung, an der die meisten anderen Einkaufszentren wahrscheinlich Scheinwerfersysteme installiert hätten, damit sich dort niemand herumtreibt, steht eine Reihe kleiner Henry Moores.

Seit der Gründung Brentwoods zu Beginn dieses Jahrhunderts galt der Einzelhandel als Faktor, der sich negativ auf die Grundstückswerte auswirkt, und wurde daher rigoros in Grenzen gehalten. Die geradezu penetrante Vorliebe für »Country Clubs« hingegen treibt die Grundstückswerte in die Höhe; der Brentwood Country Club hat 500 Mitglieder.

Im Hamburger Hamlet, neben der Mini-Mall mit den Henry-Moore-Skulpturen, gibt ein NASA-Pensionär damit an, daß er auf eine Kontaktanzeige in der Lokalzeitung, mittels der er »eine intelligente Frau mit soziologischem Bewußtsein« suchte, zehn Antworten bekommen hat.

Szene-Notiz: Man sitzt im Restaurant nicht mehr draußen, Schatten ist angesagt; nicht wegen der UV-Strahlung, sondern weil die neuen Antidepressiva als Nebenwirkung Lichtempfindlichkeit verursachen. Wer in der Öffentlichkeit mit Polysporin eingeschmiert auftritt, einem Medikament, das nach Schönheitsoperationen verabreicht wird, mit einem Nasenpflaster oder einer großen schwarzen Sonnenbrille, gilt nicht als indiskret oder gar stigmatisiert.

Brentwood weiter in seine Bestandteile zu zerlegen hieße, es in kleinere Viertel mit einkaufszentrummäßigen Namen aufteilen: Westridge, Kenter Canyon, San Vicente Park, Brentwood Heights, Crestwood, Brentwood Park, Westgate, Brentwood Terrace, Mountaingate. In den meisten geben Eigenheimbesitzerverbände den Ton an, die, so gut sie können, für die Einhaltung von Regeln und Vorschriften sorgen, die das Viertel vorm »Herunterkommen« bewahren sollen. In einem Großteil Brentwoods gibt es keine Bürgersteige (Penner!).

Die Hauptstraßen Brentwoods sind der Sunset (ein Ost-West-Korridor), der Bundy (ein Nord–Süd-Korridor, in dieser Straße wohnte Nicole Brown Simpson) und die etwas geschäftsmäßigeren Boulevards San Vicente, Wilshire und Barrington, die von Osten nach Westen führen.

SCHWARZES BRETT IM WESTWARD HO MARKET AN DER ECKE BARRINGTON/SAN VICENTE

Wirksame Selbstverteidigung. Einfach anzuwenden. Besser als chemische Keule oder Tränengas
Kann nicht gegen Sie verwandt werden. 310 207-XXXX

Haus im Benedict Canyon zu vermieten. 5 Zi., Holzfußböden, ruhige Terrasse, Doppelgarage.
$ 1800/Mon.

Westec-Wachdienst-Angestellter sucht Gästehaus zur Miete.

Mezzaluna

[Diverse Karteikarten, auf denen Computerkurse, Alarmanlagen und Pizzaöfen feilgeboten werden. Offenbar ist es seit kurzem nicht mehr angesagt, seinen eigenen Pizzaofen zu haben.]

Porsche 911S Targa, 1976. $ 10 000

Es beschleicht einen die Ahnung, daß 1964 an demselben schwarzen Brett Karteikarten hingen, auf denen Tanzunterricht, junge Katzen (gratis) und Klavierstunden angeboten wurden.

Die Lokalzeitung, die *Brentwood News*, ein Püree aus Klatsch und Tratsch aus dem Ort mit grundbesitzorientierten Artikeln, verfolgt den Immobilienmarkt Brentwoods mit geradezu pornographischer Detailtreue bis in die kleinste Einzelheit; den monatlichen Kapitalflußrapport ergänzen lokale Immobilienanzeigen.

Immobilien sind offenbar nach wie vor *das* Gesprächsthema in Brentwood. Flurkarten und Grundstücke, die aussehen wie Querschnitte von Luftlöchern in einem Luffaschwamm, sind ein immer wiederkehrendes Motiv in Zeitungen, als Kritzeleien auf Cocktailservietten und in Faxen von einem Nachbarn zum nächsten.

FETTGEDRUCKTE ANZEIGEN IN DEN BRENTWOOD NEWS

Handys
Auskunfteien
Picknickkörbe
Schmuckschätzer
Anwaltskanzleien
Glendale Federal Bank
Mercedes-Werkstätten
die örtliche Cartier-Filiale
Diplom-Wirtschaftsprüfer

Mountain Gate Country Club
elektronische Sicherheitssysteme
Chronic-Fatigue-Syndrome-Therapie
erdbebensichere Dokumentenarchive
Aerobic-Kurse speziell für Bauch und Po
ArmorCoat, das erdbebensichere Fensterglas
Beratungsseminare für Erdbebengeschädigte
Juristen, die auf Trennung, Scheidung, Sorgerecht,
Besuchsrecht, Vaterschaft und Gütertrennung spezialisiert sind

Lower Brentwood, beziehungsweise der untere *Teil* Brentwoods unterhalb des San Vicente (von den einheimischen Jugendlichen »Nieder-Brentwald« genannt) ist ein Mischmasch aus Mietshäusern mit höherer Einwohnerdichte, Bungalows von Kriegsbräuten und den für Los Angeles typischen Häusern im Stil von Ed Ruschas Gemälden aus den Mittsechzigern.

Einsam stehen dort winzige spanische Bungalows; die schützenden Bäume davor sind längst eingangen und wurden nie ersetzt, so daß die Gebäude viel zu stark der täglichen Sonnenglut ausgesetzt sind, was den Grundstückswert extrem mindert.

Die Häuserdichte ist in diesem Teil Brentwoods viel höher: dreistöckige Miet- und Eigentumswohnungsblocks, ZU-VERMIETEN-Schilder an den meisten, alle im üblichen Stilmix erbaut, vorwiegend DesiLu-Moderne, 101-Dalmatiner-Mansardendächer, Orange-County-1986-Missionsstil und Anaheim-Motelstil.

Die Pflanzen in Lower Brentwood sind – wie zu viele Schauspieler auf einer Party – exotisch, aber nicht selten: Waikiki-Pflanzen – Hibiskus, Bougainvillea und Bananen. Hier gibt es Mietwohnungen um 900 $ mit schönen Autos, die hoffnungsvollen Schauspielern, Drehbuchautoren, Models, Kreativen oder auch Rentnern gehören. Da es in Lower Brentwood so viele erschwingliche Unterkünfte gibt, können Fitneßfreaks beiderlei Geschlechts nachts arbeiten, um sich die Tage für Castings und das Fitneßstudio freizuhalten.

Hieraus bezieht Brentwoods sexgeladener mittäglicher und nächtlicher Partymix seine Seifenopernökologie.

Diese »Kehrseite« Brentwoods ist zwar keineswegs verarmt, doch der Standard liegt sicherlich um einiges unter dem auf der anderen Seite des San Vicente und oberhalb des Sunset. Hier landete Nicole Brown Simpson nach ihrer Scheidung, in einer 650000$-Eigentumswohnung am Bundy nahe der lauten südwestlichen Ecke Bundy/Dorothy, einer Eigentumswohnung, die in den meisten anderen Stadtteilen vielleicht 350000$ kosten würde.

Ein Einwohner Brentwoods, der in Brentwood Heights aufgewachsen ist (oberhalb des Sunset; gleich weit von Monroes und Simpsons Haus entfernt), heute in den Zwanzigern, nennt Lower Brentwood ein Geschiedenen-Ghetto. Die Eltern von drei seiner besten High-School-Freunde ließen sich scheiden, und alle drei Mütter landeten »im Ghetto. Nur *meine* Mutter [ebenfalls geschieden] konnte das Haus behalten. Sie ist die Ausnahme.«

Brentwood fungiert wie die meisten Stadbezirke an der Westküste als eine Art Galerie der neuen Versuchungen:

prompter Reichtum
emotional distanzierter Sex
Informationsüberflutung
der Glaube, daß das, was man seinem Körper zuführt, die Aura des eigenen Fleisches oder die Persönlichkeitsstruktur verändern kann
mangelnde Pflege der Demokratie

vorsätzliches Ignorieren von Geschichte
Körper-Manipulation
vorsätzliche Ignoranz
Körperneid
Verwechslung von Show mit Realität
Identifikation mit Berühmtheiten bis zur Selbstaufgabe
Ablehnung von Emotionalem
fehlende Bereitschaft, Werte hierarchisch zu ordnen

Die Pointe dabei ist, daß die Verbindung zwischen Versuchung und Sünde nicht mehr existiert. Versuchungen sind einfach »Dinge, die man entweder tut oder nicht tut«. Daraus ergibt sich eine Frage: Ist Amoralität ein Geisteszustand, den zu erreichen es harter Arbeit bedarf, oder erreicht man ihn durch Zufall? Und noch eine: *Läßt sich Amoralität überhaupt moralisch betrachten?* Brentwood zeigt uns, wozu Menschen in der Lage sind … wenn sie die Möglichkeit haben.

Außerdem ist Brentwood sozusagen die Welthauptstadt des 12-Schritte-Programms. In der Universitäts-Synagoge an der Ecke Sunset/Saltair findet jeden Mittwoch zwischen 19.00 Uhr und 22.00 Uhr mit 1100 Teilnehmern das größte wöchentliche Anonyme-Alkoholiker-Treffen der Welt statt.

Auch wenn es in einer Synagoge abgehalten wird, darf man nicht vergessen, daß die AA konfessionslos sind, aber dennoch an eine höhere Macht glauben.

Als ein Freund mit mir auf dem Weg nach Brentwood durch Westwood Village fährt, verkündet er mitten in einer Persepolis klinisch sauberer Wolkenkratzer stolz: »Siehst du all diese Gebäude? Überall Seelenklempner. In jedem Haus. Ist das nicht toll?«

Aus *Tag der Heuschrecke:*

> Sie waren verbittert und gefährlich, besonders die älteren, und waren es geworden durch Langeweile und Enttäuschung ... Wo anders sollten sie hin als nach Kalifornien, dem sonnigen Land der Orangen? Einmal dort, entdeckten sie, daß die Sonne nicht genügt. Mit der Zeit verleiden ihnen die Orangen, überhaupt alles Obst. Nie ereignet sich etwas. Sie wissen nicht, was sie mit ihrer Zeit anfangen ... Mit ihrer Langeweile wird es immer schrecklicher. Sie merken, daß sie hereingelegt worden sind, und hadern mit dem Schicksal ... Die Sonne ist ein Witz ... Nichts kann je gewalttätig genug sein, um ihre geistige und körperliche Erschlaffung zu beheben. Man hat sie betrogen und verraten.

Auf gewisse Weise fühlt man sich an die Leute in Las Vegas erinnert, die unaufhörlich die Erträge ihres Lebens in die Computer-Poker-Einheiten pumpen und dabei geflissentlich ihre müden, langweiligen, statistisch gesehen durchschnittlichen persönlichen Geschichten vergessen, Geschichten, die so durchschnittlich sind, daß sie immerhin Anlaß zu Selbstverachtung geben, in der Hoffnung, zufällige Transzendenz zu erreichen. Geschichtslos geworden wie die Rentner, die ihre Schecks irgendwo auf den nikotingetränkten Teppichen der Fremont Street verspielen, hoffen die Leute in Brentwood, durch Zufälligkeit ihr Leben, ihre Geschichte zurückzugewinnen.

Aus der Titelgeschichte des *TV Guide* (Ausgabe vom 6. August 1994, Erstverkaufstag 4. August 1994):

HABEN DIE FERNSEHNACHRICHTEN KEINEN RESPEKT VOR GOTT?
Ein Portrait der Journalistin Peggy Wehmeyer. »Neunzig Prozent aller Amerikaner glauben an Gott. Warum ist dann diese Frau die einzige Religionsjournalistin im Fernsehen?«

Peggy Wehmeyer, die vielbeachtete neue ABC-Religionsreporterin, beginnt ihren Tag mit einer Stunde Gymnastik, Meditation und Gebeten: »Meine Religiosität hat etwas damit zu tun, wie ich mein Leben lebe«, sagt die lebhafte Blondine, die im Januar von Peter Jennings für die »American Agenda«-Rubrik von World News Tonight *engagiert wurde. »Ich bin zwar außerordentlich religiös, aber die Kirche ist mir nicht das Wichtigste.«*

Konfessionen und Einstellungen verschwimmen in Brentwood. Ende der 80er/Anfang der 90er benutzten Christen und Juden aus Brentwood, Santa Monica und dem nahegelegenen Mar Vista ein und dasselbe Kirchengebäude in Mar Vista. Die *L.A. Times* berichtet: »*Die Kruzifixe in der Kirche werden vor den jüdischen Gottesdiensten verhängt, und die für die wöchentlichen jüdischen Bibellesungen benötigten Thora-Rollen werden in eine Arche auf Rädern gesteckt.«*

Auf der Basis einer Postleitzahl einen spirituellen Gemeinsinn zu entwickeln ist wahrlich ein Glaubensakt, und daher benötigen wir hier vielleicht eine weitreichendere Definition von Glauben. Betrachten wir *Glauben* als das, worin wir als Bürger unser Vertrauen auf eine bessere Zukunft finden – das, *woran* man *glaubt,* im Gegensatz zu dem, was man bloß *begehrt.*

Die Einwohner Brentwoods sind im Grunde einer Meinung, was gute Infrastruktur, stabile Grundstückswerte, hohe Sicherheit, gute nachbarschaftliche Beziehungen (bis zu einem gewissen Punkt, nach dem dann gesellschaftliche Zersplitterung einsetzt), die Vorzüge rationalen Verhaltens und in zunehmendem Maße die zufällige Ausschüttung von Jackpots angeht.

Die Stimmung in Brentwood ist *noir,* dieses spezielle Los-Angeles-Phänomen. Eine Definition von *noir* (wieder aus *City of Quartz* von Mike Davis) lautet »die moralische Phänomenologie der heruntergekommenen oder ruinierten Mittelklassen«. Kann man Brentwood als städtische Verkörperung der Krise des Weltlichen betrachten?

ANZAHL DER GOTTESHÄUSER

Synagogen	4
Christlich	2
Christian Science	2

Sonntags morgens an der Presbyterianischen Kirche von Bel Air am Mulholland Drive, vom nördlichen Rand Brentwoods aus gesehen auf der anderen Straßenseite: LAPD-Beamte in weißen Handschuhen, ockergelben Hemden und braunen Hosen regeln den dichten Verkehr zur Kirche und um die Kirche herum. Die Infrastruktur trifft auf das Transzendentale.

Wenn man den San Vicente hinunterfährt, wird einem nach fünf Kilometern auf dem Mittelstreifen wachsenden Korallensträuchern (*erythrina caffra*) klar, daß *dies* das Land des gemästeten Kalbs ist, das irdische Nirwana, dessen Bewohner von Bennie and the Jets aufgefordert wurden: »*Plug into the faithless*«.

Titelgeschichte aus *Psychology Today* (Juli/August 1994)

AUF DEM WEG ZUM GLÜCK: WAS ES IST, WER ES HAT UND WIE MAN ES ERLANGT

Dr. phil. Ed Diener, U. of Illinois, erklärt: »Einfach ausgedrückt sind häufige positive Erlebnisse sowohl notwendige als auch hinreichende Voraussetzung für das Erreichen des Zustands, den wir als Glück bezeichnen. Das gilt allerdings nicht für *zufällige* [meine Hervorhebung] intensive Erlebnisse.«

Dr. phil. John Reich, Arizona State U., sagt: »Ein Lottogewinn macht einen vielleicht für eine kurze Zeit glücklich, aber ein *zufälliges* [meine Hervorhebung] Ereignis, das ohne eigenes Zutun eintritt, erzeugt kein dauerhaftes Glück.«

Beide Wissenschaftler verteufeln die Zufälligkeit, was in eklatantem Widerspruch zum Lebensstil eines Großteils der Mieterschicht Brentwoods steht. Die setzt sich nämlich hauptsächlich aus einer endlosen Flut von Schauspielern zusammen, die ihre Zeit als Gigolos, Dealer und bei Castings für alles mögliche verbringen, nur um das magische Rubbellos des Medienruhms zu ergattern.

Weiter unten im Artikel wird Vizepräsident Al Gore zitiert: »Es gibt so viele materielle Güter wie nie zuvor, aber es gab auch noch nie so viele Menschen, die in ihrem Leben eine Leere verspüren«.

Brentwood hat sich nie eingebildet, als Ort überhaupt existent zu sein. Darin besteht ein Teil seines Charmes, seiner Anziehungskraft. Brentwood hat keine schriftlich festgehaltene Geschichte wie die benachbarten Orte Malibu, Pacific Palisades, Westwood (das Stadt-Ei, das als Eigelb die UCLA enthält) oder Bel Air oder Beverly Hills.

Sein gesamtes Papierarchiv paßt glatt, in eine Kinko-Pappschachtel verpackt, in den Kofferraum des Buick Le Sabre eines Bibliothekars.

Aus *We Will Always Live in Beverly Hills* von Ned Wynn (Penguin):

Er sah mich an und zog ein Gesicht. »Ist Van Johnson nun dein Dad oder nicht?« fragte er.
»Er ist mein Stiefvater«, sagte ich. »Keenan Wynn ist mein Vater.« Ich wartete auf die Ehrfurcht, die *Huldigung*.
»Von dem hab ich noch nie gehört. Meine Schwester kennt sich aus mit Filmstars, aber mir sind die *piep*egal. Die tun doch sowieso alle nur so als ob, das sind keine echten Menschen.«
Ich spürte, wie ich eine Gänshaut bekam.
»Und *ob* die echt sind«, sagte ich.
»*Klar* sind sie das«, erwiderte er. Ich schluckte, und meine Augen begannen zu brennen.
»Mein Dad ist echt«, sagte ich, den Tränen nahe. »Er lebt in Brentwood.«

Titelgeschichte des *Economist* (6. August 1994, Erstverkaufstag 4. August 1994):

SPIELT ES EINE ROLLE, WO MAN IST?

Interesse an Brentwood zu äußern ist, als wolle man Interesse an einem Wesen äußern, von dem nicht klar ist, ob es überhaupt ein Erinnerungsvermögen besitzt.

Die erste Reaktion der meisten Leute ist: »Aber es *gibt* keine Geschichte.«

Darauf folgt: »Ist das dein Ernst?« und dann ein mißtrauisches: *»Wieso denn?* Wie kann man etwas für einen Ort empfinden, der nicht einmal *existiert?«*

Vielleicht leiden ja alle Einwohner entweder an Selbstverachtung oder an Amnesie. *»Willst du damit sagen, das hier zählt als Ort?«* oder *»Wie vulgär, über sich selbst zu sprechen.«*

Brentwood wollte nie einen eigenen Charakter haben und möchte von dem ewigen Kraken Los Angeles im Osten loskommen. Gerade um des Luxus willen, an einem Ort zu wohnen, an dem es kein »Hier« gibt, sind die Städter nach Brentwood abgewandert. Im Gegensatz zu den markanteren Schwester-Vororten Bel Air, Westwood und Beverly Hills hat sich Brentwood bewußt ein transparentes Profil zugelegt. Es ist so, als müßte man sich vertraglich zur Unsichtbarkeit verpflichten, um in Brentwood leben zu dürfen. Die Existenz dieses Vorortes beruht auf der einhelligen Verdrängung von städtischer Zufälligkeit und Chaos.

Was die Menschen hier O.J. Simpson übelnehmen, ist, abgesehen von dem Doppelmord, den er möglicherweise begangen hat, die Tatsache, daß er das Unsichtbarkeitsgelöbnis gebrochen hat. Die Ecke Rockingham/Ashford wird für die nächsten hundert Jahre eine Touristenattraktion sein, ob es einem gefällt oder nicht. Wird das die Grundstückswerte beeinflussen? Ja. Aber in welcher Weise, weiß niemand zu sagen. Michelle Pfeiffer hat sich, obwohl sie unterhalb des Sunset wohnt, aus Angst vor dem Trubel bereits entschlossen wegzuziehen.

356 Rockingham wird zu einem Ausflugsziel werden, wie es das Haus der Menendez in Beverly Hills nie sein wird. (Abstruse Fußnote: Eric Menendez und Simpson sitzen in benachbarten Gefängniszellen ein. Als O.J. lauthals seine Unschuld beteuerte, soll Menendez entgegnet haben: »Spar dir das für jemanden auf, den es *interessiert*, O.J.«)

Sieben Wochen zuvor der Schock: Am 13. Juni 1994 brachen die Auswüchse der Infrastruktur über eine bis dahin Garten-Eden-mäßige Szenerie herein: Hubschrauber, Übertragungswagen, ungezügelte Menschenmassen, Bilder des Freeway-Netzes mit nur einem einzigen Auto darauf, Megaphone, Polizeiwagen, Satellitenschüsseln – all dem waren die Bewohner plötzlich wie einem 50er-Jahre-Atomtest vor den Bikini-Inseln ausgesetzt, obwohl sie es so weit weggewünscht und so viel Geld ausgegeben hatten, um nicht davon behelligt zu werden.

Infrastruktur – ein Schlüssel:

Man stelle sich Nordamerika als die fast völlig unbewohnte *terra virginea* vor, die es vor vier Jahrhunderten war. Ein Kontinent der Hänge und Hügelketten und Deltas und Arroyos und Ebenen. Daß jemand dort, wo heute Los Angeles steht, eine Stadt errichten könnte, ist unwahrscheinlich – an einem Fleckchen fast im Nirgendwo, mit *nichts.*

Man darf nie vergessen, daß Los Angeles eine ganz und gar *künstliche* Stadt ist, die Stück für Stück, hauptsächlich Anfang bis Mitte des zwanzigsten Jahrhunderts, zusammenmontiert wurde, in der Hochphase des Fordismus. Ohne eine Infrastruktur von Sci-fi-Kaliber wäre Los Angeles nicht nur unvorstellbar, sondern unmöglich.

Freeways, ihre Beschilderung, Aquädukte, Friedhöfe, Stromversorgungsnetze und Telefonmasten – diese Symptome für das Eindringen der Infrastruktur bleiben Besuchern der Stadt in ihrer Monumentalität und ihrem Sex-Appeal oft am ehesten in Erinnerung. Wie viele Netze überschneiden sich mit anderen Netzen überschneiden sich mit Netzen? Aquädukte, Stromleitungen, Freeways, Schilder …

Und während die Ökonomie der Stadt postindustriell wird, verzerrt sich ihre psychische Ökologie entsprechend.

Den Grundstein des Traums, in Brentwood eine amerikanisch-arkadische Lebensqualität zu schaffen, legte ein Kanadier aus New Brunswick, Robert C. Gillis, der Kopf einer Gruppe, die 1904 das heutige Brentwood und einen Großteil von Santa Monica und Pacific Palisades kaufte. Gillis war es, der dafür sorgte, daß Alleen und rigide Nutzungsbeschränkungen den Wohnwert der Gegend in einer Zeit bewahrten, als es nur wenige solcher Vorschriften gab. Mit Teerstraßen, die dann so bald wie möglich gepflastert wurden, kurbelte man den Autoverkehr an.

Die Infrastruktur Brentwoods ist makellos. Ihre Unsichtbarkeit und Unfehlbarkeit trägt noch zum utopischen Selbstverständnis des Ortes bei.

In Brentwood ist die Infrastruktur gerade durch ihre *fehlende* Präsenz präsent. Ein wichtiger Bestandteil der Identität des Ortes ist seine Eigenschaft als temporärer Zufluchtsort vor der infrastrukturellen Omnipräsenz von Los Angeles. In Brentwood sollte man sich fühlen wie auf dem Lande und sich von der allzuschnell wachsenden Stadt erholen können. Weit zurückgesetzte Häuser und »enorme Baumpflanzungen« garantieren Entspannung.

Nach Brentwood hineinzufahren ist, als würde man ein Buch lesen, in dem plötzlich die Großbuchstaben und Kommas verschwinden.

Hier wird so getan, als gäbe es keine Technik, und doch stellen die Illusionen, die der Verdrängung entspringen, höchste Ansprüche an die Technik.

»Durch jeden gut gepflegten Baum sollte ein Schmetterling fliegen können«, lautet der hiesige Leitspruch.

Bäume spielen hier für das hiesige Gemeinwesen eine tragende Rolle.

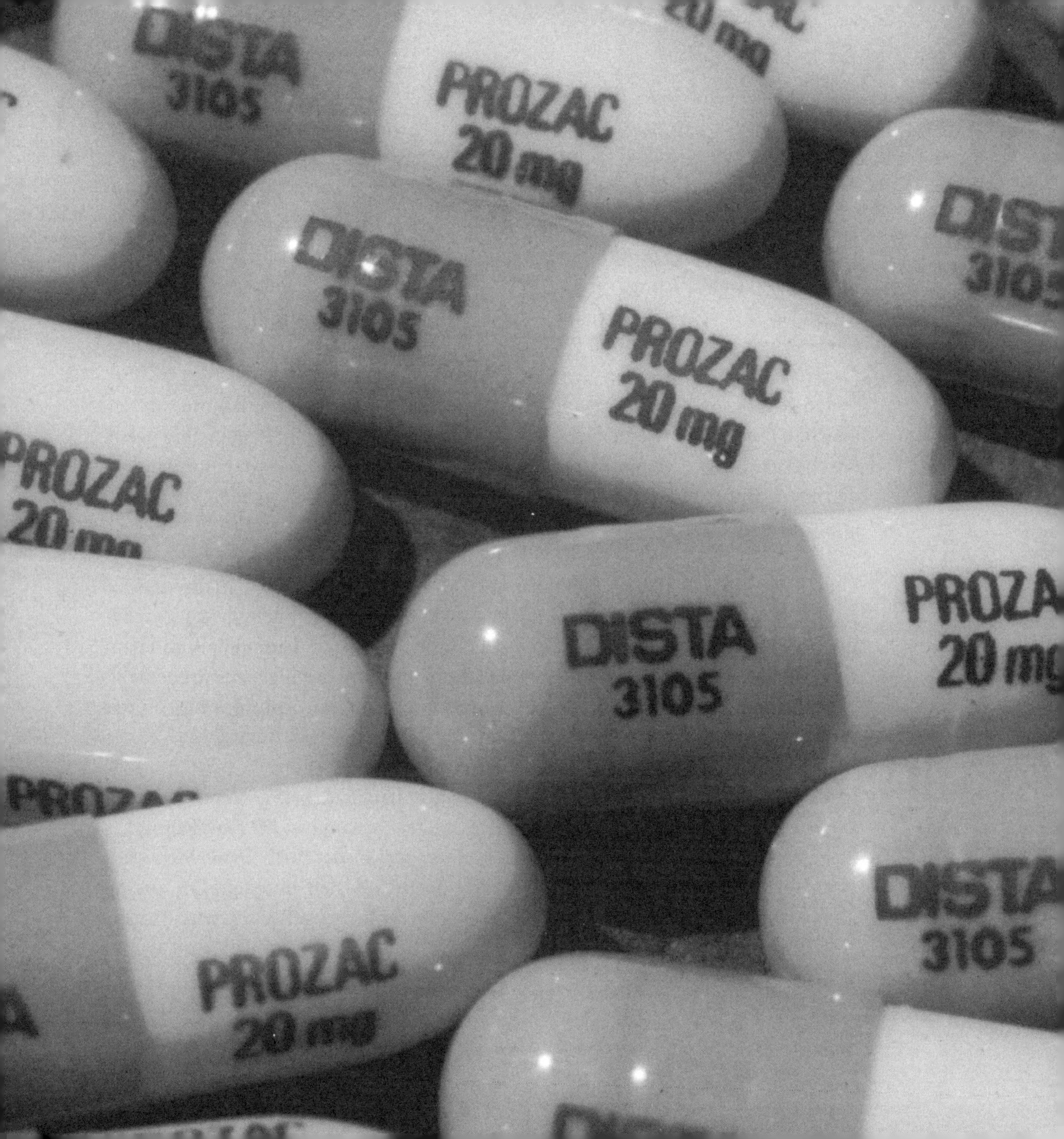
DISTA
3105
PROZAC
20 mg
DISTA
3105
PROZAC
20 mg
DISTA
3105
PROZAC
20 mg
DISTA
3105
PROZAC
20 mg
DISTA
3105
PROZAC
20 mg

Sie trennen die Reichen von den Armen und untermauern eine bukolische Illusion, die wiederum die Grundstückswerte konsolidiert. Doch vor allem *verdekken Bäume die Strommasten, Umspannkästen und andere Plagen der Infrastruktur.*

Die meisten werden mit der nötigen Sorgfalt gepflegt: Schirmakazie, Pfefferminzbaum, Bunya-Bunya, Avocado, Carrotwood-Baum, Kalifornischer Pfefferbaum, Japanische Wollmispel, Baumfeige, Jacaranda, Neuseeländischer Teestrauch, Olivenbaum, Klebsamen und Essigbaum. All diese Bäume haben eine Bedeutung: *Der Himmel läßt sich künstlich herstellen.*

Doch ebenso wie die Einwohner Brentwoods haben auch die Bäume mit den gleichen Problemen wie der »Krake« Los Angeles zu kämpfen. Regelmäßig gehen durch Bauarbeiten, Manipulation des Bodenniveaus, zuviel Wasser, baumwürgenden Efeu, Smog und Trockenheit Bäume ein. Veränderungen werden eben nicht grenzenlos geschluckt.

Und nicht nur die Bäume, sondern auch die anderen Pflanzen! In Brentwood wächst eine schier grenzenlose Anzahl von Pflanzen: rasenbildende kurzstielige Binse, Schnittlauch, Klee, spinatartiger Akanthus, fleischige Fetthenne und Hauswurz, fedrige Grugru-Palmen, blühende Choreopsis und die allgegenwärtige delftblaue Schmucklilie, die auch den Fußweg zu Nicole Brown Simpsons Eigentumswohnung säumte, lateinisch *Agapanthus*, Blütezeit im Juli und August.

In akademischen Kreisen und insgeheim auch in den Chakras der Einwohner Brentwoods wächst die Überzeugung, daß Städte – Schanghai; Mexico; Lagos; Los Angeles – einfach *immer weiter* wachsen können, daß bisher noch keine wirklichen Grenzen dafür gefunden wurden, wie viele Menschen sich an einem Ort zusammenballen dürfen. Wenn Brentwood immer weiter umzingelt wird, wird es dann eine Insel bleiben oder ersticken?

Infrastruktur-Highlight: Montags abends, am Müllabend, drängen sich haufenweise Wedgwood-blaue und stahlgraue 120 Liter fassende, mit Rollen versehene Rubbermaid-»Bruiser«-Mülltonnen am Fuß der Auffahrten. Einige Haushalte haben bis zu 18 Mülltonnen auf einmal. Außerdem gibt es noch die Recycling-Container der City of Los Angeles: rot für Metall, gelb für Glas.

INFRASTRUKTUR-HIGHLIGHTS VON BRENTWOOD UND BRENTWOOD PARK (DORT WOHNT O. J. SIMPSON)

1907 Anzeigen in der *Los Angeles Times* preisen die Vorteile Brentwoods.

1922 Brentwoods Grundstücke sind nur zu einem Viertel verkauft; die Firma Shipley, Harrell und Trapp übernimmt.

1942 Als Reaktion auf die drohende Parzellierung und sinkende Grundstückswerte wird in Brentwood Park ein Eigenheimbesitzerverband gegründet.

1963 Die Parzellengröße wird auf knapp 2000 Quadratmeter beschränkt.

1970 Caesar Romero, Schauspieler, und June Lockhart, Schauspielerin, durchschneiden anläßlich der Einweihung des neuen Postamts an der Barrington Avenue 137 ein Band. Romero trägt seine charakteristische Krawatte und eine Nelke im Knopfloch; Lockhart eine Frisur zwischen Twiggy und Poppertolle und ein Hängerkleid aus Leinen.

1975 Der Plan, den San Vicente Boulevard in Highway umzubenennen, verbreitet Angst und Schrecken.

1977 Neuerliche Panik, als Pläne für einen Freeway parallel zum Sunset Boulevard, mitten durch das Zentrum von Brentwood, veröffentlicht werden. Das Vorhaben wird schließlich von einer Koalition aus Eigenheimbesitzerverbänden und Umweltinitiativen abgeschmettert.

1978 Mit knapper Mehrheit beschließen die Mitglieder des Eigenheimbesitzerverbandes von Brentwood Park, daß in jedem Eigenheim pro Jahr höchstens zweimal Filmaufnahmen stattfinden dürfen.

1980 Kurse zum Umgang mit der chemischen Keule werden eingerichtet.
1984 Ein Rundbrief mit Tips zur Tarnung von Mülltonnen wird verschickt.
1985 Über unterirdische Kabelverlegung soll in Zukunft blockweise entschieden werden.
1990 Eine Studie darüber, ob Versorgungskabel besser unter die Erde gelegt werden sollten, wird erstellt.
1991 Wasserrationierung.
1991 Laubsauger dürfen nicht lauter als 65 Dezibel sein.
1993 Die Wasser- und Energiebehörde reduziert magnetische Felder im nahegelegenen Kenter Canyon aufgrund der möglichen Leukämiegefahr um die Hälfte.

All das ist Geschichte, doch Brentwood scheint die Vergangenheit eher gleichgültig zu sein, trotz des fast eine Milliarde Dollar teuren J.-Paul-Getty-Centers, einem auf einem Berg gelegenen eleganten Riesenkomplex auf halber Strecke zwischen dem Sunset Boulevard und dem Mulholland Drive westlich der 405.

Das Center wurde von Richard Meier entworfen, soll 1997 eröffnet werden, ist mit Travertin verkleidet und zur Zeit das teuerste und größte Projekt der Vereinigten Staaten und nach dem Scheitern des Supercolliders im texanischen Waxahachie wohl auch das komplexeste.

Doch die Einwohner Brentwoods haben das Getty-Center noch nicht in ihr Leben integriert, und daran wird sich möglicherweise auch nichts mehr ändern. Kunst des zwanzigsten Jahrhunderts wird hier nicht gesammelt, und von den Wohnvierteln ist es zu weit entfernt, um durch seine Gegenwart irgendeine Art von Wärme zu spenden.

Die physische Präsenz des Getty-Centers auf seinem Berg ist eine eindrucksvolle Metapher für ein historisches Gewicht, das diesem Ort auferlegt wird, der sich stillschweigend weigert, den Lauf der Geschichte zu akzeptieren.

Der Großteil der Wohnhäuser Brentwoods ist zwischen 1950 und 1979 entstanden. Was danach kam, macht weniger als 10 Prozent der Gesamtbebauung aus. Die meisten Häuser im Ortsteil Brentwood Hills wurden in den 60er und 70er Jahren von Art Linkletter gebaut.

Egal, durch welchen Teil Brentwoods man fährt, überall stößt man auf eine Pralinenschachtel der Architekturstile:

MGM-Kolonial-Schandkasten
San-Diego-Public-School-System-Holzhäuser
Marcus-Welby-Tudorstil mit guter Akustik (das Haus der Simpsons)
weiß verputzter 1941-»Pearl Harbor wurde gerade bombardiert, einen Cocktail, Darling?«-Stil
Doris-Day-mit-einer-Hummerschere-und-einer-Schale-zerlassener-Butter-in-der-Hand-Cape-Cod-Villa
Die-Zukunft-*Wuuuschhh!*-Apollo-17
Kim-Novaks-Liebesnest-Ranchero

Aus *We Will Always Live in Beverly Hills* von Ned Wynn (über das Haus seines Stiefvaters, Van Johnson):

Das Haus selbst war ein glatter Art Deco/Modernismus-Würfel, den mein Freund Jackie Hathaway Onkel Dagoberts Geldspeicher nannte.

Am 14. September 1993 verabschiedete der Stadtrat von Los Angeles mit elf gegen zwei Stimmen die Hillside Ordinance gegen die zunehmende »Vervillung« und den Bau von »Monsterhäusern«, wie es in anderen Städten heißt. Dieser Erlaß richtete sich gegen Erschließungsgesellschaften, die in den 80ern kleinere Häuser abrissen, sorgfältig die örtlichen Bauvorschriften studierten und dann auf demselben Grundstück das größtmögliche Gebäude errichteten, das die Rechtslage gestattete.

Das Resultat, das den Nachbarn meistens gar nicht gefiel, wurde dann mit fettem Gewinn versilbert.

Besonders gern werden diese neuen »Monsterhäuser« in einem Stil erbaut, den man als »San-Fernando-Valley-Mini-Mall« bezeichnen könnte: ein mediterraner Fiebertraum, ein Haus, in dem Barbie wohnen können, mit viel zu vielen Ziergiebeln, im Verhältnis zu allen Nachbarhäusern auf dreiste und arrogante Weise überdimensioniert, mit einem Zuckerguß aus Putz. Es fehlt nur noch ein Plexiglasschild, auf dem *Ralphs* steht oder *Tower Records* oder *Glossy Nails.*

Monster.

In den 60ern waren Monster freundliche, glubschäugige Dinger in der Art von Rat Fink oder Revell-Spielzeugen, folkloristische Schreckgespenster unbekannter Herkunft, aber im Grunde liebenswert: Incredible Edibles; Wacky Packs; Herman Munster. Und wie stellen wir uns *heute* Monster vor? Von Freundlichkeit keine Spur mehr; heutzutage sind sie nur noch aufs Töten aus (man gehe nur in eine Videothek), und wenn nicht, dann zumindest darauf – **schauder** –, den Wert unserer Wohngegenden zu mindern.

Wenn sich in den Monstern, die unsere Kultur erschafft, unsere tiefsten Ängste widerspiegeln, gebündelt in Wesen wie Frankenstein, Killer-Robotern oder Pflanzenmenschen, dann hat Brentwood mit dem Monsterhaus ein Ungeheuer von einer neuen Zähigkeit, Dauerhaftigkeit und Sublimität hervorgebracht.

Den Hillside-Erlaß gegen Monsterhäuser könnte man dann mit den »Plüschmonstern« vergleichen, die man Kindern gibt, um ihnen zu helfen, ihre Ängste zu objektivieren und abzubauen. Wenn Kinder Tiere besitzen, die so klein sind, daß sie sie manipulieren können, bekommen sie das Gefühl, als hätten sie tatsächlich Autorität und Verantwortung.

Anzeigenbeispiel aus dem Immobilienteil der *Brentwood News*:

»ORIGINALGETREUE HACIENDA«

Großzügiges Anwesen mit drei Schlafzimmern und drei Bädern für 1025000$. Makler: Douglas Properties.

In dieser originalgetreuen Hacienda sind Sie völlig ungestört. Genießen Sie den einladenden Hof, den großen Wohnbereich, das herrschaftliche Eßzimmer, den Frühstücksbereich und das separate Gästehaus mit Cabana, das auch zur Unterbringung von Hausangestellten genutzt werden kann.

Bezaubernde Details wie hölzerne Decken, geflieste Böden und Buntglasfenster machen das Gebäude besonders attraktiv. Dank seiner Oberlichter wird es von natürlichem Licht durchflutet. Durch traumhafte Gartenanlagen gelangen Sie zum Pool, zur Sauna und zur Cabana. Nur Minuten vom Herzen Brentwoods entfernt, können Sie hier ganz zurückgezogen wohnen.

Das Haus im »Ranch-Stil« wurde praktisch in Brentwood erfunden, von Clifford May, im Sullivan Canyon. In einem *New-York-Times*-Interview erklärte er: *»Das Ranch-Haus bot alles, was man von einem kalifornischen Haus erwartete. Es ließ sich von allen Seiten belüften, Haus, Garten und Außenkorridor lagen auf demselben Niveau. Es war auf Sonnenschein und ein angenehmes Leben ausgerichtet.«*

May versuchte, die Grenze zwischen Drinnen und Draußen zu verwischen. Vorstehende Kamine aus Holz und Stein dominieren die Räume. Durchgehende Fliesen minimieren den Unterschied zwischen Drinnen und Draußen; alle Räume haben einen Blick nach draußen, Glasschiebetüren und Oberlichter verbinden beide Bereiche.

Mays Ästhetik boomte nach dem Zweiten Weltkrieg, wurde idealisiert und

EXIT 24B
Civic Center
Hill Street
110
Downtown
EXIT 24C
Dodger
Stadium
EXIT ½ MI

massenproduziert und drang tief ins öffentliche Bewußtsein der nachfolgenden Generationen, die auf Parzellen aufgewachsen sind und im Fernsehen ständig *Bewitched*-Wiederholungen gesehen haben. May ist einer der heimlichen Wegbereiter dafür, daß sich die meisten Amerikaner so schnell und leicht für »Kalifornien« begeistern können.

NACHMITTAG

Marilyn Monroe wurde vor fast 32 Jahren in Westwood beerdigt, von Brentwood aus gesehen direkt hinter dem 25stöckigen Wells Fargo Tower auf der anderen Seite des Freeway 405, auf dem Westwood Memorial Cemetery, 1218 Glendon Avenue, einen Block südlich der Golden Mile auf dem Wilshire Boulevard. Truman Capote liegt, was auch immer das für eine Rolle spielen mag, vielleicht 100 Meter davon entfernt auf derselben Anlage begraben.

Der Friedhof, kleiner als ein halbes Baseball-Feld, ist heute, an ihrem Todestag, fast leer. Die glatten Mauern, die ihn umgeben, bestehen wie die des Getty-Centers aus beigefarbenem Travertin und erzeugen einen Hall, der einen daran erinnert, was Stille heißt – eine diffizile Angelegenheit mitten im Lärm der Stadt. Die Lüftungsanlage des Bankhochhauses sorgt zusammen mit dem Rush-hour-Krach auf dem nahegelegenen San Diego Freeway und dem Dröhnen des Verkehrs und der LAPD-Helikopter nicht gerade für ein arkadisches Ambiente.

Monroes Grab, eingelassen in eine Mauer des »Korridors der Erinnerungen«, der zum Zeitpunkt ihre Todes größtenteils noch gar nicht gebaut war, liegt in Magenhöhe hinter einem halben Meter Zement, nur einen Katzensprung von der Hauptverwaltung des Memorial Parks entfernt, einer Kreuzung zwischen einem Schweizer Chalet und einer Trader Vic's Bank of America.

Am 4. August 1994 ist Monroes Grab das einzige auf dem Friedhof, dessen marmorne Oberfläche nicht mehr sahneweiß ist. Durch jahrelange Berührungen von

Besucherhänden ist sie graufleckig vor Talg. Ihre Messingplakette (MARILYN MONROE 1926–1962) wurde als einzige unter all den umliegenden von Tausenden von Händen, die im Laufe der Jahre die Reliefbuchstaben wie einen Glücksbringer gestreichelt haben, so sauber poliert wie die Eingangstür einer Mailänder Kirche. Dies ist das meistbesuchte Grab von Los Angeles.

Heute enthält die Vase davor ein Dutzend rote Rosen. Davor liegt ein champagnerfarbener Rosenstrauß neben einem weißen Korb voller weißer Freesien.

Gegen 17.00 Uhr steht eine japanische Frau, etwa 22, mit fleckigem Teint und einem kurzen, stumpfen Haarschnitt in einer Art Matrosenanzug verlegen allein vor Monroes Grab.

Vorsichtig streckt sie die Hand aus, tätschelt den kühlen Stein und tritt dann zurück. Noch behutsamer beugt sie sich vor und küßt die obere linke Ecke des Steins. Sie läßt einen kleinen, runden, kaugummirosafarbenen Lippenstiftkuß zurück.

Sie läuft weg, die rechte Hand vor dem Mund.

Nach der Autopsie war das Haar der Monroe mit Formaldehyd getränkt und unfrisierbar. Man borgte bei Fox auf unbestimmte Zeit eine Perücke aus. Es bedurfte ungeheurer Mengen von Make-up, um ihre blau angelaufene, ehemals helle Haut wieder weiß zu bekommen. Sie wurde in einem limonengrünen Pucci-Kleid mit einem limonengrünen Schal um den Hals begraben.

GRÜN IST IN BRENTWOOD IMMER NOCH EINE DOMINANTE FARBE

Eukalyptus
Tenniscourt
Straßenschilder
Zitrusgewächse
absterbender Rasen (khaki)

gesunder Rasen (Bluegrass)
Birne
Feige
Jaguar
Gummibaum
militärgrüne Briefkästen
Jeep Cherokee

Im Radio wird gemeldet, daß QVC-TV eine Auktion veranstaltet hat, auf der Studiofotos von Monroe, die Bert Stern sechs Wochen vor ihrem Tod aufgenommen hat, verkauft wurden. Die Zuschauer konnten per Home-Shopping Fotos ersteigern, die die Monroe eigenhändig verschandelt hatte, um sie aus dem Verkehr zu ziehen, und dazu dasselbe Foto, per Computer »entschandelt«. Der erzielte Höchstpreis: 7900 $.

Wieder in Brentwood, direkt vor der Union-76-Tankstelle an der Ecke Bundy/San Vicente, erhält man von einem Straßenhändler, der ein Pappschild mit der Filzstiftaufschrift: NEUE GEDICHTE ÜBER NICOLE SIMPSON um den Hals trägt, für eine Spende von beispielsweise einem Dollar eine Fotokopie mit »Gedichten für Nicole Simpson«. Das Geschäft geht gut. Anwohner sagen: »Immerhin ist das, was er da anbietet, neu und originell.«

Am San Vicente Boulevard, in Brentwoods fettfreien Cafes, auf Anrufbeantwortern und in den hellerleuchteten Gängen des Vicente Markets kursieren schlimme Gerüchte – Gerüchte, zu finster, zu entsetzlich, um sie auszusprechen, denn wer sie in den Mund nimmt, haucht ihnen Leben ein, und wer will schon solch ein Monster in die Welt setzen?

Vielleicht werden sich diese Gerüchte bewahrheiten. Vielleicht wird die Zeit alle Fragen lösen. Vielleicht wird man das alles wieder vergessen.

GO HOME
THERE IS
NOTHING 2 SEE

Unterdessen ist die Dorothy Avenue auf beiden Seiten für den Durchgangsverkehr gesperrt, um Gaffer fernzuhalten. Ein LAPD-Polizist steht neben seinem Motorrad und regelt den Verkehr.

Das vordere Ende des Durchgangs, in dem die Leichen von Nicole Brown Simpson und Ronald Lyle Goldman gefunden wurden, wird neuerdings durch etwa ein Dutzend Zwergahorns abgeschirmt, die immer noch in den schwarzen PVC-Eimern aus der Baumschule stecken. Außerdem stehen schon früher gepflanzte australische Baumfarne und Schmucklilien davor, hinter einem Zaun aus mit grünem Plastik umhüllten Maschendraht, der den Plattenweg vom Gehsteig trennt (in *diesem* Teil Brentwoods gibt es Gehsteige).

Die von erbosten Nachbarn aufgestellten »GET A LIFE«- und »GO HOME THERE IS NOTHING 2 SEE«-Schilder sind beseitigt worden. An diesem 4. August schiebt sich der Spätnachmittagsverkehr nicht mehr zusammen wie eine Ziehharmonika, bis nichts mehr geht, wie es noch vor ein paar Wochen aufgrund der anfänglich herrschenden Sensationsgier der Fall war. Aber die Autos verlangsamen immer noch das Tempo.

Ein paar Jogger sind unterwegs und Leute, die ihren Hund ausführen – in Brentwood die einzigen beiden Spezies von Anwohnern, die zu Fuß gehen –, und alle tragen einen Walkman.

Die Leichen der Ermordeten wurden von jemandem gefunden, der seinen Hund ausführte.

SPÄTER NACHMITTAG

Bald geht die Sonne unter. Wir denken zurück zum 4. August 1962: Heute abend vor 32 Jahren stand Marilyn Monroe vor der Frage: »Soll ich die Pillen nun nehmen oder nicht?« (oder vielleicht sagte auch jemand anders: »Wie verabreichen *wir* ihr am besten das Gift?«)

Brentwood träumt, es träumt davon, ob es leben oder sterben soll.

Die Sackgasse hinter ihrem ehemaligen Haus, 12305 Fifth Helena, nur einen Knochenwurf von Raymond Chandlers altem Haus entfernt, ist ruhig. Vertrocknete Zitronen liegen auf dem Kies verstreut, Strelitzienabfälle in der Mülltonne, eine Washingtonia-Palme mit einem ausgefranstem, ungetrimmten Kranz aus vertrockneten Palmwedeln, Pick-up-Trucks von Gärtnern, der Transporter einer Klimaanlagenfirma und Taglilien.

Wenn man etwa um 19.00 Uhr von dort, wo die Monroe früher gewohnt hat, durch die Straßen Brentwoods hinauf nach Rockingham geht, stößt man auf die geheimen Erkennungszeichen der kalifornischen oberen Mittelklasse: Skateboard-Aufkleber auf den Stop-Schildern, Lattenzäune, Banksien in voller Blüte; den Duft von Lilien und Rosen; unvermutete Nischen tiefer Stille; leise rotierende Überwachungskameras, die sich *en passant* auf Fußgänger richten; für die Müllhalde bestimmte Backstein- und Mörtelhaufen; Hausangestellte, die spät nach Hause gehen; Trauertauben, die auf den Telefonleitungen gurren.

Die Luft ist heute sauberer als 1962. 1994 gibt es zwar mehr Autos, aber die verschmutzen die Luft weniger als zur Zeit vor der Einführung des bleifreien Kraftstoffs, als die Auspuffe wie Rasenmäher blauen Qualm in den Himmel spien. Aber es ist unbestreitbar *lauter*: Grillen, verschlafene Singvögel; das Flügelpfeifen aufgeschreckt flüchtender Tauben, die die Hitze des Asphalts am Ende des Tages genossen haben; das Krächzen der Krähen in der Himalaya-Zeder; das Brummen der Poolfilter – das ist die ewige Geräuschkulisse. Doch der Verkehr auf dem Sunset eine Drittelmeile den Berg hinauf war 1962 sicher nicht so laut wie heute abend, und auch die Helikopter fehlten – die Hubschrauber des LAPD, des Verkehrsfunks, der Boulevardpresse und des Fernsehens, die auch Wochen später noch über der Rockingham Avenue kreisen.

»Fit« auszusehen ist in Brentwood natürlich ein ultraerstrebenswertes, westküstentypisches Ziel, über das es keine zwei Meinungen gibt: ein fester, symmetrischer, makelloser Körper. Wie das *Culture*-Magazin der Londoner *Sunday Times* feststellte, repräsentiert Kalifornien die »Demokratisierung der Schönheit«.

Dennoch stellt so gut wie niemand den Körperfixierten die Frage: *»Was erwartest du eigentlich von deinem Körper? Was hast du an dem, was dein Körper bis jetzt für dich tut, auszusetzen?«*

Nicole Brown Simpson war fanatisch körperfixiert, 1,73 m, 57 kg; sie war Schönheitskönigin von Dana Point, Kalifornien, sie joggte drei Meilen am Tag; sie aß nur fettarme/-freie Sache und ging regelmäßig ins Fitneßcenter.

Wie die Monroe war auch Nicole Brown Simpson sich ihrer Macht über Männer sehr wohl bewußt, ebenso der Tatsache, daß sie sich ihre Partner nach Belieben aussuchen konnte. Auf den Nummernschildern ihres weißen Ferrari, den sie im Oktober 1992 bei ihrer Scheidung von Simpson zugesprochen bekommen hatte, stand L84AD8 (»Late for a date«). Diejenigen, die bei Brown Simpson abgeblitzt sind, geben widerstrebend zu, daß sie fast überirdisch begehrenswert war, und tragen ihr nichts nach. »Sie sah immer so *fit* aus«, erklärt einer der Betroffenen.

Fitneßcenter sind im allgemeinen berüchtigte Umschlagplätze für Steroide und Kokain. Selten trifft man eine Fitneßratte – ob männlich oder weiblich –, die sich nicht sehr bald als Mensch mit offensichtlichen psychischen Problemen herausstellt.

Aus der Zeitschrift *Makeover*, einer neuen Publikation von *People*, erschienen in der ersten Augustwoche:

VON BRÜNETT ZU BLOND

Eine zweieinhalbseitige Geschichte mit dem Titel: Welche Kunstblondine kommt dem Ideal Marilyn Monroe am nächsten?

Unter den Gewinnern sind Madonna, Bette Midler, Iman, Hillary Rodham Clinton und Roseanne Arnold.

Unter den Verlierern sind Julia Roberts, Angelica Huston, Demi Moore, Geena Davis, Delta Burke und überraschenderweise Loni Anderson, deren Haare die von Bill Griffith erfundene Comicfigur Zippy the Pinhead einmal als »Berge von erstarrtem Sahnesteif« bezeichnete.

Hello! (GB), Ausgabe vom 2. August 1994:

Katy Green, das Kind der Finsternis:
Die ergreifende Geschichte einer Zehnjährigen,
die in eine Welt des Zwielichts geboren wurde

Katy Green aus Saltney, England, leidet an angeborener Erythropoetischer Porphyrie (CEP), einer Krankheit, bei der schon das schwächste Licht, sogar der Mond, ein Fernseher oder Autoscheinwerfer Hautblasen, Fieber und Kopfschmerzen hervorrufen.

Sie kann nur komplett verhüllt, maskiert und eingecremt nach draußen gehen. Ein Übermaß an Blitzlichtern würde sie zwar nicht unbedingt töten, aber zumindest verletzen oder verkrüppeln.

Nach einer Weile gewöhnt man sich an die Brentwoodsche Idee des perfekten Körpers und der unsichtbaren, perfekten Infrastruktur – und auch an die unterschwellig überall vorhandene Auffassung, daß jede Art von Werthierarchie Gefühlsduselei oder zumindest anachronistisch sei.

Wenn man dieser Umgebung eine gewisse Zeitlang ausgesetzt war, rufen Tränen statt Mitleid nur noch Angst hervor … Bist du … *nicht ganz dicht?* Hör auf zu heulen. Nach einer Weile kommen einem Leute von *außerhalb* naiv und wehrlos vor. Wenn man zum Beispiel durch Pennsylvania fährt und Autobahnbrücken sieht, die den Erdbebenvorschriften des Staates Kalifornien ganz offensichtlich nicht genügen würden, fragt man sich: *»Was denken die sich dabei – die haben ja keine Ahnung!«*

Aus *Dino*, einer Dean-Martin-Biographie von Nick Tosches:

Wahnsinn, neunzehnhundertachtzig! Er hatte Crosby überlebt. Er hatte Elvis überlebt. Er hatte Terry's Wonder Dogs überlebt. Er würde sie alle überleben. Er war hinter das Geheimnis des Glücks gekommen.

»Wie geht's denn so?« wurde er eines Tages im Riviera Country Club gefragt.

»Wunderbar«, sagte er. »Es ist toll. Ich wache morgens auf. Hab ordentlich Stuhlgang. Das mexikanische Hausmädchen macht mir Frühstück. Runter in den Club hier. Mindestens neun Löcher. Ein schönes Mittagessen. Nach Hause, vor den Fernseher. Das mexikanische Hausmädchen macht mir ein schönes Abendessen. Ein paar Drinks. Ins Bett. Am nächsten Morgen aufwachen. Wieder ordentlich Stuhlgang. Wunderbar. Das ist mein Leben.«

Zehn Jahre später ist Martin ein wandelnder Leichnam, der sich allabendlich im Dan Tana's am Santa Monica Boulevard in West Hollywood ein Stückchen weiter zu Tode säuft. Alle logischen Grundlagen persönlicher Geschichte haben sich für ihn in nichts aufgelöst. Wo ist der Sinn?

Aus der Speisekarte der Gratis! Fat Free Cuisine am San Vicente Boulevard:

Schwarze-Bohnen-Suppe (wird mit saurer Sahne serviert, wenn nicht anders verlangt)	$2,95
Ricotta-Ravioli mit Kräutern und Marinara-Sauce	$7.95
Kartoffelpüree-Beilage mit Sauce aus karamelisierten Zwiebeln	$1.75
Zucchini-Pizza aus dem Holzkohleofen	$6.95
Himbeer-Roulade	$2.75

Wie ich schon sagte, ist ein Merkmal, das uns von allen anderen tierischen Lebewesen unterscheidet, daß unser Leben notwendigerweise aus Geschichten besteht und daß wir uns, sobald uns diese Geschichten abhanden kommen, orientierungslos, gefährlich, außer Kontrolle und der Macht des Zufalls ausgeliefert fühlen. Diesen Prozeß, durch den man seine Lebensgeschichte verliert, nennt man »Geschichtslosigkeit«.

Geschichtslosigkeit ist der Fachausdruck für »nichts vom Leben haben«.

»Scott hat nichts vom Leben«; »Amber ist geschichtslos.«

Bis vor kurzem lieferte einem die eigene Kultur, egal, wo oder wann man auf dieser Erde geboren war, alle wichtigen Komponenten zur Ausbildung einer Identität. Dazu gehörten: Religion, Familie, Ideologie, Klassenzugehörigkeit, ein geographischer Standort, politische Überzeugungen und das Gefühl, innerhalb eines historischen Kontinuums zu leben.

Als unser Leben vor etwa zehn Jahren von elektronischen und Informationsmedien überschwemmt wurde, begannen diese Schablonen, nach denen wir unser Leben entwerfen, sich plötzlich, gewissermaßen über Nacht, aufzulösen, besonders an der Westküste. Es wurde möglich, am Leben zu sein, ohne eine Religion, familiäre Bindungen, eine Ideologie, ein Klassenzugehörigkeitsgefühl, politische Überzeugungen und ein Gefühl für Geschichte zu haben. Geschichtslos.

In einem Umfeld mit wenig Informationen, vor der Existenz des Fernsehens etc., waren Beziehungen die einzig verfügbare Form von Unterhaltung. Heute haben wir Methoden zur Verknüpfung und Kontrolle von Informationen, die vom Anrufbeantworter bis zum Internet reichen und bereits in einem solchen Ausmaß als Vermittler von Beziehungen dienen, daß physische Interaktion inzwischen keine Rolle mehr spielt. Als Folge ist der innere Dialog auf ganz neue Ebenen vorgedrungen, während der sonst übliche tägliche Kontakt zu einem überflüssigen Luxus geworden ist.

Die Westküste ist immer noch ein Labor der Geschichtslosigkeit. In einem gewissen, sehr eigentümlichen Sinne zwingt das Vakuum des Nichts das Individuum, sich täglich neu zu erfinden, wenn es nicht untergehen will. Daher braucht es eigentlich niemanden zu wundern, daß sich Hollywood und der Traumerzeugungsapparat des zwanzigsten Jahrhunderts an einem Punkt auf der Erde befinden, an der es, mal abgesehen vom schönen Wetter, ziemlich düster aussieht.

F: Wer bist du diese Woche? Dieses Jahr?

Geschichtslosigkeit scheint das unvermeidliche Endprodukt der Informationsübersättigung zu sein, und da sie offenbar eine unabänderliche Gegebenheit ist, wie ein Hurrikan vor der Küste Floridas, liegt sie außerhalb des moralischen Spektrums.

Gebiete wie zum Beispiel Europa, die sich immer etwas darauf eingebildet haben, nicht geschichtslos zu sein und jetzt von der Medientechnologie überrollt werden, die in Nordamerika seit Jahrzehnten selbstverständlich ist, erhoffen sich nun von Nordamerika Tips und Antworten darauf, wie man mit dem Gefühl der persönlichen Geschichtslosigkeit fertig wird. Erzählungen aus Brentwood, wo die totale Geschichtslosigkeit bereits seit Anfang der 60er (Marilyn) immer weiter um sich greift, können als warnendes Beispiel und möglicherweise als Lehre dienen.

Auszug aus einer Notiz, die Simpson schrieb, bevor er über den San Diego Freeway »gejagt« wurde: *»Bitte behaltet den wahren O.J. und nicht diesen Verlorenen in Erinnerung.«*

Simpson sagte gegenüber der *Sports Illustrated* einmal zum Thema Ruhm: *»Irgendwann merkst du, daß du, wenn du ein Image verkörperst, gar nicht wirklich lebst.«*

AHEAD

Man fragt sich doch, ob es nicht sogar unproduktiv sein kann, den Lebensbegriff der Mitte des zwanzigsten Jahrhunderts zu romantisieren. Wenn man sich eine längst überholte 50er-Jahre-Vorstellung dessen, was »leben« heißt, zu eigen macht, führt das unweigerlich zu unnützer und unkreativer Energieverschwendung. Woher wollen wir wissen, ob Menschen »ohne ein Leben« nicht in Wirklichkeit die Vorreiter eines neuen menschlichen Empfindungs- und Wahrnehmungsvermögens sind?

Das *Hello!* vom 2. Juli 1994 (ein britisches Hochglanzmagazin, in dem Berühmtheiten glorifiziert werden) ist eine Art Sondernummer über das »Brentwood der Post-Prominenz«.

Die Zeitschrift ist berühmt für ihre stets freundlichen Haltung den Personen gegenüber, die sie unter Verwendung zahlreicher, immer schmeichelhafter Farbfotos portraitiert (»Bei Mr. Satan zu Haus: Luzifer tätschelt seinen pelzigen Freund Zerberus und sinniert über ein Leben ohne Liebe: ›*Ich bin auf der Suche nach einer festen Beziehung, aber das ist nicht einfach, wenn man die Verantwortung für so viele Menschen hat.*‹ Flammen verleihen der geräumigen unterirdischen Wohnung Mr. Satans, der von seinen Freunden gern ›Beelzi‹ genannt wird, eine gemütliche Landhausatmosphäre.«) Fergie läßt sich bereitwillig für *Hello!* ablichten, ebenso wie viele sonst eher medienscheue Wesen.

Seite 42 und 43: Einer der rar gewordenen öffentlichen Auftritte der Princess of Wales. Sie weigert sich, in die Kamera zu schauen.

Seite 44, 45: Zusammenfassung der O.-J.-Simpson-Geschichte.

Seite 50 bis 57 (Titelgeschichte): Die ehemalige Mrs. Rod Stewart/George Hamilton, Alana Stewart, spricht offenherzig über das Trauma, das die Entfernung von Brustimplantaten verursacht, und gewährt den Lesern viele Blicke in ihr elegantes Haus in Brentwood. Außerdem abgedruckt sind Fotos der Stewart mit ihren beiden Kindern von Stewart, Kimberly und Sean, und ihrem ehemals heroin-

abhängigen Sohn Ashley, der einen unlängst gebrochenen Arm und einen Gesichtsausdruck zu Schau trägt, der sich am ehesten als mißgelaunt bezeichnen läßt.

Bildunterschrift: *Es war ein Schock für Alana, zu erfahren, daß ihr Sohn, der hochgewachsene, introvertierte Ashley, 19 (oben), zum zweiten Mal innerhalb von anderthalb Jahren auf der Intensivstation gelandet war. Jetzt ist sie glücklich, ihn wieder bei sich zu haben und ihm wieder auf die Beine helfen zu können, nur zehn Monate, nachdem er durchgebrannt ist, um durch seine Hochzeit und die kurze, stürmische Ehe mit Shannen Doherty Schlagzeilen zu machen.*

Innerhalb ihrer biologischen und intellektuellen Grenzen ist die Monroe so weit in den Hyperspace des Ruhms vorgedrungen, wie es einem Menschen nur möglich ist. Nach dieser Erfahrung hatten Sex, kulturelle Ereignisse, Versuchungen und die Übersättigung irdischer Wünsche jeden Reiz für sie verloren. Sie hatte die Grenzen erkannt, von wo an der Körper einen nicht mehr weiterbringt.

Die Geschichte ihres Lebens war ihr entrissen worden. Sie war jetzt geschichtslos, und es schien keine narrative Brücke zu ihrem Leben mehr zu geben. Keine Schablone. Ehe? Wen sollte sie heiraten – den Präsidenten? Eine Karriere? Das hatte sie alles schon hinter sich.

Am Ende schien es, als hätte sie sich zu sehr bemüht, vor einem … Nichts eine hübsche Fassade zu errichten. Ihr Körper war zu einer Belastung geworden. Sie war post-prominent. Sie war die erste; JFK vielleicht der zweite; Elvis der dritte.

Monroe, leeres Kind von Los Angeles, leere Leinwand, laut Norman Mailer »frei von Geschichte«. In einem Stadtführer findet sich eine Liste von 23 unterschiedlichen Adressen innerhalb von Los Angeles, an denen Monroe seit ihrer Geburt gewohnt hat.

Monroe, von Haus aus keine Sammlernatur, wohnte in einem blendend weißen, L-förmigen, rotgefliesten Haus im spanischen Stil, das sie lässig mit vergammelten mexikanischen Möbeln eingerichtet hatte. Da gibt es klobige Kiefernholztische, -stühle und -bänke; folkloristische Decken, »Hacienda«-Lampen aus den 50ern, wie man sie in Motels findet, einen kleinen Plattenspieler in einem Koffer und daneben einen Klappstuhl mit einem Stapel LPs darauf; eine dreistöckige gläserne Bar, ein Nippesregal aus grobem Kiefernholz. Die Atmosphäre ist anonym und ein bißchen wie in den Hotels, in denen die Monroe einen Großteil ihres Lebens verbrachte.

In ihrem Schlafzimmer herrscht ein entsetzliches Durcheinander. Teenager haben schon aus geringeren Anlässen Hausarrest bekommen. Hand- und andere Taschen liegen aufgetürmt auf dem Fußboden an einer Wand. Überall Zeitungen, Drehbücher, Pillenfläschchen.

Schließlich versuchte die Polizei, Familienangehörige der Monroe ausfindig zu machen, doch sie fanden nur ihre Mutter, die in einer Anstalt lebte und nicht geschäftsfähig war. Monroes Ex-Mann DiMaggio wurde mit der Aufgabe betraut, eine narrative Struktur für die Bestattungsfeier zu liefern.

Schon immer sind, wenn es plötzlich gar keine Geschichten mehr gab, phantastische Geschichten aufgetaucht, die das Vakuum ausfüllten.

Im Brentwood bemerkt man eine gewisse Leere in den Augen der Menschen, und wenn keine Leere, so doch einen *Mangel,* als ob irgendwelche Daten gelöscht worden seien, als ob sie ihre persönliche Geschichte und Geschichten wie Vielfliegermeilen für Ferien eingelöst hätten, die schon nach beängstigend kurzer Zeit keinen Spaß mehr machten.

Brentwood verrät viel über die Amoralität des Geldes, die darin liegt, daß Geld allein nicht als narrative Schablone für das Leben taugt. Geld ist ebenso eine Erfindung wie ein Löffel oder ein Teller und als solche weder moralisch noch unmoralisch, sondern eben einfach nur eine Erfindung wie der Toaster oder die Null. Für Brentwoods erste oder zweite Generation aufstrebenden, fertilen Reichtums ist das immer wieder ein Schock. Die Bewohner Brentwoods reagieren mit an Naivität grenzender Verblüffung, wenn sie, sobald das Geld da ist, erkennen müssen, wie leer, wie vollkommen amoralisch es von Natur aus ist.

Weder Ruhm noch Geld verleihen einem Leben einen Handlungsfaden. Darin liegt seit der Bibel die Ironie des menschlichen Strebens. Das Ganze ist ein müder Witz, der in Brentwoods Salons, Cafes und fleckenlos sauberen, mit frischen Blumen geschmückten Haushalten tagtäglich Realität wird.

Wenn das Leben ein Auto ist, das mit 90 km/h die Straße entlangfährt, dann verändern Geld und Ruhm die Farbe des Autos, aber nicht seine Geschwindigkeit oder Fahrtrichtung. Es ist bemerkenswert, daß die meisten Wunderkinder der Unterhaltungsindustrie ihren ersten roten Ferrari innerhalb eines Jahres wieder verkaufen, praktisch gleich zu einem Audi oder Lexus wechseln und für immer dabei bleiben.

Es ist schon traurig. Wenn man heutzutage junge Leute fragt, was sie sich wünschen, nennen sie mit alarmierender Häufigkeit Ruhm oder Geld, was Nonlinearität und Geschichtslosigkeit bedeutet.

Typisch für Brentwood sind uneindeutige Gerichtsurteile und ungeklärte Todesfälle. Mordfälle werden hier nicht gelöst. Monroe; Brown Simpson; die Menendez-Brüder im nahegelegenen Beverly Hills – all diese Untersuchungen ziehen sich einfach so lange hin, bis Gedächtnisschwund jedes Interesse an einer vollständigen Aufklärung einschläfert.

Aus den *Brentwood News* (August 1994):

SIMPSONS STIMMLEHRER ERKENNT TONFALL

Dr. ph. Morton Cooper, den O.J. Simpson ab September 1983 konsultierte, erzählt: *»Schuldig oder nicht schuldig? O.J. Simpson antwortete mit fester, lauter Stimme: ›Absolut hundertprozentig nicht schuldig.‹ Dies war die Stimme, die ich kannte, tragend und volltönend.«* Cooper berichtet weiter, daß Simpson wiederholt durch Halsentzündungen und Stimmbandpolypen »außer Gefecht gesetzt« war. *»Seine Stimme wurde immer unbrauchbarer. Noch schlimmer war es, daß seine Sprechweise der reinste stimmliche Selbstmord war. Wenn er seine Stimme ständig falsch benutzt, könnte er sie irgendwann ganz verlieren. Was ist stimmlicher Selbstmord? Der falsche Gebrauch der Stimme.«*

Dann erzählt Cooper, daß er O.J. vor dem stimmlichen Selbstmord bewahrte und wie: *»Wenn O.J. Simpson seine Aussage macht, wird er wahrscheinlich so viele Zuhörer haben wie kein anderer Mensch auf der Welt. Wird seine Stimme ihm Gehör und Sympathien verschaffen, wie sie es in der Vergangenheit getan hat?«*

Es gibt den Begriff der »Post-Prominenz«. Post-Prominenz steht für den Schnittpunkt zwischen dem biologischen Sein und der Informationsüberflutung, die Auslöschung der Privatsphäre im persönlichen und im Medienbereich; Post-Prominenz steht für die (klaren, wenn auch nicht meßbaren) *Grenzen* des Ruhms an sich.

Post-Prominenz heißt, daß der Ruhm seinem Besitzer zur Last wird, oder vielmehr, daß seine Nachteile beängstigend viel schwerer wiegen als alle erdenklichen Vorteile. Überhaupt einen Körper zu haben wird entweder lästig oder irgendwie nebensächlich. Pornographisch.

Die physische Existenz – die Tatsache, daß man wirklich einen Apfel essen, sich Gedanken übers Wetter machen, seinen Darm entleeren oder im Garten Blumen pflücken kann, verliert ihre Relevanz; sie ist reizvoll, aber irgendwie … langweilig.

Das Wachstum der Medienlandschaft hat zur Folge, daß Ruhm und Privat-

TESTORS
Weird-Ohs
TM
"Horrible" Unassembled Plastic Model Kit
Digger
'e digs chaos the most!
'teer clear of this
notor maniac or
ou'll eat his dust!
tual Model Length: 8" (20.3 cm) • Modèle Réduit

sphäre sowohl für das Publikum als auch für die Prominenten trivialisiert worden sind. Noch nie lagen Apathie und Faszination so dicht beieinander.

Im Gegensatz zu der ernsthaften Servilität, die die Stars der 50er und 60er Jahre in Zeitschriften wie *Photoplay* an den Tag legten, indem sie taten, was im Namen der Fans von ihnen verlangt wurde, gibt es heutzutage weder eine Verbindung noch eine Verpflichtung mehr zwischen dem Star und seinem Publikum, in dessen Phantasie er seinen Platz hat. Die Beziehung zwischen beiden ist heutzutage geradezu räuberisch, vampirisch.

Die Vorstellung, die Medien seien »manipulierbar«, gilt zunehmend als naiv und unhaltbar.

Der Begriff Post-Prominenz verweist auf das Verschwinden der Privatsphäre in der modernen Kultur, den Widerwillen der Prominenten, noch den letzten Rest an Privatsphäre aufzugeben, und die Wut der Öffentlichkeit, diesen letzten Rest nicht auch noch besitzen zu können. Julia Roberts erklärt in der Zeitschrift *People*: »Meine Beziehung fällt nicht unter den Freedom of Information Act.« Daß die Telefonnummern von Berühmtheiten nicht im Telefonbuch stehen, wird hingenommen, doch daß auch über andere Aspekte ihres Lebens immer weniger zu erfahren ist, ruft massive öffentliche Empörung hervor. Viele Stars weigern sich einfach, überhaupt irgendwelche Einzelheiten über ihr Privatleben preiszugeben. Enthüllungen sind nicht länger eine Frage der »Privatsphäre«, sondern der *Dematerialisation* – der Angst, ein lebender Geist zu werden.

Wir haben einen Punkt erreicht, an dem die Grenzen des Ruhms offenbar endgültig definiert sind. Ebenso, wie wir gelernt haben, wann die Grenzen des Wachstums einer Firma erreicht sind: GM zirka 1988; IBM zirka 1987; haben wir vielleicht auch gelernt, wann die neuen Wachstumsgrenzen des Ruhms erreicht sind: Michael Jackson zirka 1993; Madonna zirka 1992.

Das Schlimmste an der Post-Prominenz für die Prominenten selbst ist die Art, wie sie das Leben jeglicher Geschichte beraubt, so daß den Stars nichts anderes übrigbleibt, als sich in der Berühmtheit zu sonnen, ohne jeden Handlungsfaden, ohne narratives Gerüst und ohne Aussicht auf eine Zukunft.

Die Westküste setzt durch ihren Mangel an Geschichte tagtäglich ihre Bewohner unter den psychischen Druck, sich kontinuierlich neu zu erfinden. Wenn man nicht regelmäßig die Freunde, die Religion, die Frisur, den Körper, die politische Einstellung oder den Wohnsitz wechselt, sind die Einheimischen insgeheim der leicht abschätzigen Meinung: *Dieser Mensch gibt sich einfach keine Mühe.*

Die Simpson-Episode hat die gesamte Infrastruktur der ruhmerzeugenden Technologie in ihrer ganzen Reichweite, Schönheit und Häßlichkeit auf pornographische Weise entblößt. Sie hat halbe Geschichten, erfundene Geschichten und Meta-Geschichten hervorgebracht.

Post-Prominenz stellt die Frage: *Machen wir es den Menschen immer schwerer, sich neu zu erfinden? Ist der Preis, den man dafür zahlen muß, die Mühe wert? Ist Charisma heute einfach zu gefährlich, um es zu besitzen?*

Am 1. August war es offiziell: Michael Jackson und Lisa Marie Presley (die in Brentwood zur Schule gegangen ist) hatten tatsächlich geheiratet.

Am nächsten Tag berichtete die *Los Angeles Times* (auf Seite B-1, im Lokalteil, aber auf der *oberen* Hälfte der Seite): *»Eine derartige Vereinigung von Pop-Dynastien hat die Welt noch nicht erlebt: Elvis Presleys Tochter bestätigte durch einen Presseagenten, daß sie und Michael Jackson vor etwa zehn Wochen im privaten Rahmen außerhalb der Vereinigten Staaten getraut wurden.«*

Auf derselben Seite (auf der unteren Hälfte) wurde gemeldet, die »feministische« Rechtsanwältin Gloria Allred habe den Bezirksstaatsanwalt Gil Garcetti aufgefordert, für Simpson die Todesstrafe zu beantragen. *»Auf einer Pressekonferenz erklärte Allred, wenn Garcetti es ablehne, die Todesstrafe zu fordern, sei das ein Indiz dafür, daß er dem Angeklagten gegenüber aufgrund seiner Prominenz Milde walten lasse.«*

Vorn an ihr Busineßkostüm hatte Allred mit einer kleinen schwarzen Büroklammer ein offenbar laminiertes ultraglamouröses Farbfoto von Nicole Brown Simpson geheftet, etwa so groß wie eine Spielkarte.

Im Mezzaluna gehört: »Es werden keine Supermodels mehr erfunden.«

In Brentwood ist man sich einig, daß »O.J. noch nie so gut ausgesehen hat wie vor Gericht«. Er erhält 3500 Liebesbriefe pro Woche.

People (8. August 1994):

PROZESS ZAHLT SICH AUS
»Schuldig oder nicht, O.J. ist nicht einfach der Angeklagte, er ist ein Markenname.«

The New York Times Magazine (26. Juni 1994):

EIN GESPRÄCH ÜBER DEN MEDIENZIRKUS
Barbara Ehrenreich: »Die Sache läuft heute anders. Früher hieß es: Hol dir den Knüller als erster. Heutzutage ist besser, der 14. oder 23. sein: ›Nein, ich habe es erst gebracht, nachdem es schon auf NBC und ABC gelaufen war.‹ Man muß der letzte sein, der solche Geschichten bringt, und seine Hände in Unschuld waschen.«

Jerry Nachman: »Als ich Chefredakteur der *Post* war, riefen mich Kollegen an, deren Namen Ihnen durchaus etwas sagen würden, und wollten wissen, ob und wann wir die Geschichte ›X‹ bringen würden. Ich fragte dann: ›Wollt ihr uns zu-

vorkommen?‹ Und sie antworteten: ›Nein, wir wollen es am Tag darauf bringen.‹ Es fand ein Wettlauf darum statt, herauszufinden, wer der erste sein würde, um dann zweiter zu sein.«

SONNENUNTERGANG/ABEND

Egal, was die Leute sagen, Monroe sah in den letzten paar Monaten ihres Lebens *anders* aus. Schwangerschaft? Schönheitschirurgie? Depressionen? Auf einigen der letzten Fotos, die gegen Ende ihres Lebens von ihr gemacht wurden, zeichnete sich ihr Schädel deutlicher ab als früher. Sie begann, nicht mehr wie ihr vorfabriziertes Ich auszusehen, sondern wie ein richtiger Mensch.

Ihr Körper, ihre »Ware«, befand sich an der Schwelle zum Verfall. Man stelle sich vor, alle McDonald's-Restaurants würde plötzlich anfangen, zu verrotten und zu stinken und zu Bumslokalen zu werden; Uringestank verbreitende Pflanzen würden durch die kaputten Vinylschilder ranken, die Räume würden verwüstet und mit Fäkalien und Graffiti beschmiert. Unkontrollierbare biologische Vorgänge sind in der Sphäre des Ruhms nicht erlaubt.

Wenn man den Körper als Ware begreift, stellt sich die Frage, ob nicht vielleicht zur Entwicklung und Verbreitung von ideellen Produkten andere Mittel als personenbezogene Strukturen geschaffen werden müssen. *Vielleicht ist Charisma mittlerweile für diejenigen, die seinem Reiz erliegen, oder auch für die, die selbst Charisma haben, einfach zu gefährlich geworden.*

People-Titelgeschichte (13. Juni 1994):

Das neue Leben der tapferen Diana: Oben ohne baden?
Ganzheitliche Heilmethoden? Aromatherapie? Warum nicht?
Diana, endlich frei, bei ihren ersten Schritten zur Selbstfindung.
Das Coverfoto zeigt sie als heidnische Gap-Göttin, als Ehrenbürgerin von Brentwood: die weißen Zähne leuchten, und sie trägt eine amerikanische Football-Jacke – amerikanisch bodenständig statt britisch verweichlicht. Im Artikel selbst jedoch wird die Princess of Wales als eine Person dargestellt, der völlig aus der Bahn geworfen ist und den ganzen Tag lang nur krankhaft sinnlose, körperfixierte Dinge tut.

Was den Fall Diana so faszinierend macht, ist ihre beinahe sofortige und hundertprozentige Ablehung aller Medien und medienbezogenen Technologien, Bodyguards und so weiter. Es ist bemerkenswert, daß die »Suche nach individueller Freiheit« ausnahmslos von Geschichtslosen betrieben wird. Es ist, als hätte sie im Traum eine Vision von Geschichtslosigkeit gehabt, und als sie erwachte, hatte sich ihr Leben für immer verändert.

Ihr Geschichtsproblem ist beinahe monroeesk: Wer ist der richtige Mann für mich? Wo bekomme ich ihn her? Wie geht es jetzt weiter?

Obwohl Ruhm dem Leben von Prominenten an sich keine narrative Komponente verleiht, bringt er einen Funken Chaos in ihr psychisches Umfeld, der die Wahrscheinlichkeit einer nonlinearen Entwicklung noch erhöht.

Immer wieder drucken Magazine zu den Todesfällen innerhalb der Post-Prominenz Brentwoods Grundrisse von Häusern ab, Baupläne als Pornographie, als gäbe es erfahrungsgemäß ein immer gleiches Schema für Mord. *»Also, das Wohnzimmer liegt direkt neben dem Schlafzimmer.« »Der Plattenweg führte zur Haustür, und ihre Wohnung lag rechts davon.«*

Aus der *Los Angeles Times* (4. August 1994):

WENN EIN PRIVATES SICHERHEITSSYSTEM DEN CHARAKTER VON AUFRÜSTUNG BEKOMMT

Zwei Texaner haben ein gut einen Zentimeter dickes Material entwickelt, Safe Shield, mit dem man für etwa 4000 $ *»die Türen, das Dach und die Garage von innen verkleiden kann. Zusätzlichen Schutz während der Nacht bieten Safe-Shield-Fensterläden.«*

Sicherheit gehört zu den größten Verheißungen Brentwoods.

Wie die linke Schulter durch Impfnarben, so ist ausnahmslos jeder Vorgarten Brentwoods durch stachelbesetzte Metallschilder gebrandmarkt, die auf das Sicherheitssystem (oder gar mehrere) hinweisen, mit dem das Anwesen geimpft wurde: Westec, Knight, Brinks, E.E., Southland Home Protectors, Bel Air Home Patrol und Protection One (1–800 GET HELP), um nur einige zu nennen. Westec ist bei weitem das verbreitetste.

Mehrere Schichten von Absperrungen isolieren die Anwesen von der Außenwelt; ganz außen verläuft ein Zaun mit einem Tor (oft kameraüberwacht), der eine dichte Hecke umschließt, innerhalb derer wiederum Hunde das Haus bewachen, das seinerseits mit Magneten, Strahlern, Kontakten, Zahlencode-Tastaturen und Alarmanlagen gegen Eindringlinge gesichert ist.

Aus einem Rundschreiben des Hauseigentümerverbands der Region Brentwood von April 1994:

»Es kommt häufig vor, daß einem Verbrecher nach Hause folgen – benutzen Sie den Rückspiegel Ihres Autos und schauen Sie sich um! Setzen Sie *rückwärts* in Ihre Einfahrt, wenn Sie können. Das rät unsere Polizei.«

»Jetzt werden schon Airbags aus Autos gestohlen.«

»Vorsicht vor Einbrechertricks im Sommer: Leute, die für wenig Geld Ihr Haus streichen oder Ihre Einfahrt ausbessern wollen, können gefährlich sein.«

[Telefonnummer einer Organisation aus West L.A., die gratis Graffitis entfernt]

»Lamellenfenster sind unsicher und leicht auszubauen. Durch den Gebrauch von Superkleber läßt sich ein Einbruch verhindern.«

Das Veterans Administration Land

Auf der Ostseite der 405 befindet sich der Los Angeles National Cemetery. Auch er gehört noch zur Postleitzahl 90049. 80000 sind dort begraben; jetzt ist kein Platz mehr.

Doch dies ist *nicht* Arlington. Dieser Friedhof hat *extrem* wenig Bäume und wirkt immer ausgedörrt, als würden die unendlich scheinenden Gräberreihen ständig Wasser brauchen. Wie alle Friedhöfe ist auch dieser natürlich eine Landschaft von ausgesprochener Ereignislosigkeit.

Allerdings wird demnächst ein Gebiet auf der anderen Seite der 405 und des Sepulveda Boulevards von der Veterans Administration auf das Department of Memorial Affairs überschrieben und damit die Friedhofskapazität um 50 Prozent erweitert. Weitere 30 Hektar am vernachlässigten Nordende der Anlage werden in ein Arboretum verwandelt. Doch diese Entscheidung war keine leichte Angelegenheit.

Wenn man vom Los Angeles National Cemetery kommt, fährt man auf dem Wilshire unter der 405 durch, biegt nach rechts ab – dann ist man wieder in Brentwood – und dann noch einmal nach rechts auf das Gelände der Los Angeles Veterans Administration: 220 Hektar zwischen Sunset und Wilshire, auf denen mehrere Blöcke seltsam altmodisch und armselig aussehende Gebäude aus der Sad-Sack-Ära stehen. Das einzige moderne Gebäude, ein 17stöckiges Hochhaus, in dem 25 Agenturen sitzen, hat die bizarre Aura eines fehlgeschlagenen Zeitreise-Experiments.

Dies ist nicht 90049, sondern 90073.

Mitte der 80er wollte die Reagan-Regierung 44 Hektar am Nordende des Ge-

ländes verkaufen und löste damit heftige Proteste einer Reihe lokaler Interessengruppen aus, unter anderem der American Legion, der AMVETS und nicht zuletzt der Hauseigentümerverbände Brentwoods und Westwoods, die daraufhin die Veterans Park Preserve gründeten, den Verkauf des Grundstücks vereitelten und statt dessen ein Programm zur Verschönerung des Geländes ins Leben riefen.

Die Toten speziell auf diesem Friedhof erfüllen für die Stadt eine wichtige Funktion, eine Funktion, mit der die Eigner der Santa Monica Land and Water Company bereits 1888 rechneten und die mehr beinhaltet, als nur an Kriege zu gemahnen und daran, daß der Erhalt der Demokratie durch Wachsamkeit gesichert werden muß. Die permanente Immobilität der Toten verleiht dem Land eine Qualität, die es fast nirgendwo sonst in Los Angeles gibt: *Unbebaubarkeit.*

Der Los Angeles National Cemetery kanalisiert allein durch seine Immobilität in zweierlei Hinsicht beträchtliche städtische Energien. Erstens stabilisiert er den Wert der umliegenden Grundstücke; seine faktische Unbebaubarkeit treibt die Preise aller Grundstücke in der Nähe in die Höhe. Zweitens dient er als Pufferzone zwischen Brentwood und dem verhältnismäßig unruhigen Beverly Hills, Westwood, der Miracle Mile und dem Freeway 405.

Wenn man mit jemandem aus Los Angeles am Friedhof vorbeifährt, bekommt er unweigerlich einen ganz verträumten Blick und sagt: »Un*glaub*lich, was dieses Land wert sein muß!«

Der 4. August ist ein heißer Tag gewesen. Die kombinierte Zeit- und Temperaturanzeige der First Federal am San Vicente stieg bis auf 30 Grad. Man schaut auf den ewig ausgedörrten, baumarmen Friedhof und denkt an Wasser. Die Mississippi-Flutkatastrophe im Sommer 1993 fällt einem ein, als das Wasser sich die Flußufer einverleibte, man erinnert sich an Geschichten, daß ganze Friedhöfe verschwunden sein sollen – die Särge, entwurzelt wie Milchzähne im Schleim eines schmelzenden Hershey-Schokoriegels, landeten Tage, Wochen später hundert Meilen weiter bei fremden Leuten auf dem Rasen.

Los Angeles kommt einem vor, als hätte es einen bösen Traum, von einem Erdbeben, so mächtig, so brutal, daß die Särge der Kriegstoten aus dem Boden gehustet werden wie Fleischbrocken, die zum Herunterschlucken zu groß sind.

Die Immobilität wird verlieren; die Dynamik wird siegen. Und plötzlich atmet das Land, und Häuser, Mini-Malls und Straßen beginnen zu wachsen.

Am Ende war es der *Freeway*, der alle Welt so faszinierte, nicht etwa die Darsteller (obwohl sie gut waren) oder gar das Stück, so alt wie die Berge.

Es war die *Eroberung des Freeway*, die weltweit mit gebanntem Interesse verfolgt wurde, die Tatsache, daß Simpson auf so gründliche und großartige Weise das gesamte Autobahnnetz von Los Angeles in Beschlag nahm. Auf der ganzen Welt denken wir, wenn wir an Autobahnen denken, an Los Angeles. Und wenn die Autobahnen dieser Stadt krank oder durch Erdbeben beschädigt sind, trauern wir um sie.

In einem Vakuum bleibt einem nichts anderes übrig, als Teil des Vakuums zu werden: die Nembutals auf dem Nachttisch, die 457er Magnum unterm Kinn bei der Fahrt auf dem San Diego Freeway; die Menendez-Brüder, die schon Rolex-Uhren kauften, bevor das Blut getrocknet war.

Rückblickend betrachtet scheint das, was in Brentwood geschehen ist, unvermeidlich. Wenn es nicht O.J. gewesen wäre, dann irgendein anderer rekonfigurierter Kataklysmus. In Brentwood kollidieren zu viele zerfasernde und überwältigende Faktoren; es ist ein sozialer und psychischer Teilchenbeschleuniger, ein Zusammenprall von Ruhm und Paranoia und Sehnsucht und Körpern und Geld und Macht – und Rasse und Verdrängung und Medienüberflutung und all dem, was Ende der zwanzigsten Jahrhunderts zur Maschinerie des Lebens gehört.

NACHT

Etwa um 20.00 Uhr – laut Gutachtern ungefähr die Zeit, als die Monroe zu sterben begann – schillert das Licht auf der Borke des nach Zitronen duftenden Eukalyptus auf dem Grundstück 356 Rockingham wie Perlmutt, wie in den Bildern Maxfield Parrishs. Die Borke schimmert, als befänden sich unter ihr Zauberwesen und goldene Dukaten. Dieser Baum wurde wahrscheinlich Mitte der zwanziger Jahre gepflanzt, etwa zur gleichen Zeit, als die Monroe geboren wurde. Er ist ungefähr genauso alt, wie sie wäre, wenn sie überlebt hätte.

Monroe starb kurz nach der »magischen Stunde«, wie es unter Fotografen heißt, mit ihrem »magischen Licht« – dem goldenen Glühen am Ende des Tages, das aller Haut Leben einhaucht und alle Farben rauschhaft intensiviert. Sie starb genau in dem Moment, als die Grau- von den Blautönen nicht mehr zu unterscheiden waren. Heute, am 4. August 1994, hat der Tag bereits begonnen, in der Erinnerung zu versinken, einer Erinnerung, die vielleicht vergessen wird, vielleicht auch nicht.

Vielleicht baut die Natur bei uns und der ganzen Welt eine gewisse Amnesie ein, und vielleicht ist es ein Segen für uns Menschen, daß wir scheinbar auf Kommando vergessen können. Wir sind zugleich verflucht und gesegnet mit einer Amnesie, die so stark ist, daß sie uns angst macht und uns gleichzeitig beschützt, wenn wir schlafen und wenn wir träumen.

Und ja – wir träumen immer noch von Städten, in denen es nach wie vor keine Vergangenheit gibt und deren Zukunft noch immer vollkommen offen ist, von Städten, in denen es grasbewachsene Canyons gibt und das Wasser von der Sonne in Gold verwandelt wird, von einer Milliarde Schmetterlingen, die durch eine Milliarde Korallensträucher fliegen, von Wasser, das vom Himmel schießt, und wo es grenzenlose schimmernde, breite, weiße Autobahnen gibt, die uns in die Unendlichkeit führen.

1,– 6